君主サマの難解嫉妬

真崎ひかる

幻冬舎ルチル文庫

CONTENTS ✦目次✦

君主サマの難解嫉妬

✦ カバーデザイン＝久保宏夏（omochi design）
✦ ブックデザイン＝まるか工房

イラスト・蓮川　愛✦

君主サマの難解嫉妬

《一》

船から桟橋へと降り立った斗貴《とき》は、両手を頭上に伸ばして背筋をストレッチした。

「くぁ～……五年も経つのに、なーんにも変わってねぇな。まさか、またココに来ることになるなんてなぁ」

まだ船着き場なのだが、見渡す限り特に代わり映えしない。今から向かう養成所の施設も、さほど大きな変化があるとは思えなかった。

ここは本州の遙か南――太平洋に浮かぶ、地図に載っていない小さな島だ。前世紀のアメリカにあった、脱走が不可能だという刑務所の名前を拝借して『アルカトラズ』と呼ばれている。情報の漏洩《ろうえい》を防ぐために外部からの訪問者を拒むのと、容易に逃げ出せないという意味では、刑務所と変わらないかもしれない。

ただ……ここにあるのは刑務所ではなく、国費で育成される護衛のスペシャリスト、通称『SD』の養成所だ。

一般国民のあいだでは都市伝説のように語られており、ここで訓練生として二年を過ごして今では懐かしささえ感じている斗貴も、かつて自身が降り立つまでは実在しない島なのではないかと疑っていたくらいだ。

ちなみにSDとは、セキュリティドッグの略だ。ただ、ドッグと言っても、本物の犬ではない。国内から選び抜かれた青年たちが、犬のように従順に主《あるじ》を護《まも》るべく訓練されるため、そう呼ばれている。

映画等の題材になることも多く、世間にも広く知られている所謂《いわゆる》SP、一般的なセキュリティポリスと比べれば絶対数が少ない。存在を示すことで周囲を牽制《けんせい》する彼らとは違い、表立って活躍することはない。が、護衛対象者をガードする能力はSPを遥かに凌《しの》ぐとSD全員が自負している。

我が身を捨ててでも、護るべき対象者に迫るあらゆる危険を排除する。いざという時は、躊躇《ためら》うことなく盾になれと教え込まれる。

口の悪い政治家等に言わせれば、遠慮なく使い捨てにできる可動式の防弾ベストだ。実際に、命を賭して護衛対象者を護り……殉職したSDは少なくない。

倫理的な点から存在を公《おおやけ》にしていないため、普通のSPとSDの見分けは一般国民にはつかないだろう。

紛争地域、災害で混乱した国の視察に赴く官僚や、内戦で一触即発な国に派遣される大使のお供《とも》を任されるのはSDと呼ばれる人間ばかりで、SPより過酷な任務には当然心身ともに高い能力が求められる。

ここでは、優秀なＳＤを育成するために国費で二年かけて教育される。

訓練中の衣食住を国費で賄われることと、修了後の就職には世界のどこへ行っても困らない……ということもあってか、厳しい入所選抜テストの競争率は毎年五十倍とも百倍とも言われている。

この島で訓練を受けているのは、それを通過した選《よ》り抜きの人間ばかりだ。

志願の上での選別テストを経て集められる青年の数は、年によってわずかに変動するらしいが、七年前に斗貴が入所した際の訓練生は六十人だった。

それぞれのクラスに担当教官がつき、厳しい訓練を重ねつつ寝食を共にして同じクラスに属する訓練生との親交を深める。

この二年があるからこそ、養成所の修了生は固い信頼関係で結ばれてチームでの任務に就けるのだ。修了した年度は違っても、ＳＤ養成所の出身者だというだけでわかり合えるものがある。

ただ、修了は容易ではない。月に一度の振るい落としを目的としたテストによって、入所から半年も経つ頃には人数が激減する。

斗貴たちの代で、二期目へ進むことができた人数は二十人。最終的に、修了を迎えられたのは……十二人だった。

こうしてここに立つと、過酷な訓練生時代の記憶が否応《いやおう》なく呼び覚まされて、嫌な汗がじわりと滲《にじ》む。

「チッ、アレを思い出すな」

山頂に建つ養成所施設へとのびる小道を眺めていると、否が応でも記憶の底から湧き上がる光景がある。

唸《うな》るようなエンジンの音、傷だらけの黒い大型バイクを悠々と片手で操り、もう片方の手で竹刀《しない》を振り回しながら脱獄……いや、脱走を図ったらしい訓練生を追いかけてきた、非常識なレベルで屈強な熊男。

名前は、藤村陣《ふじむらじん》。

斗貴より十歳上で、斗貴の属することになったクラスの担当教官だった。凶暴で横暴で、俺様な絶対君主。七百五十ＣＣの大型バイクを、まるで自転車のように片方の手だけで自在に操る『化け物』。

そんな特徴だけ聞けば、見るからに厳《いか》つい筋肉の塊のような大男を思い浮かべそうだが、実践的かつ余計な筋肉のない身体《からだ》は予想外なほど引き締まっていた。

その上、無駄なほど顔がよろしいあたり……ますます憎たらしいし、胡散臭《うさんくさ》ささえ漂ってくる。

男として、どこをとっても敵《かな》わないと見せつけられているみたいで、斗貴にとって気に食わない存在だった。

訓練中に拳を交わした回数は、数え切れない。けれど、二年かけても……一度も勝てなかったのだ。

殴りつけられ蹴り飛ばされ、打ち身と擦《す》り傷《きず》だらけになりながらも、懲りることなく執拗《しつよう》に突っかかり、そのたびに返り討ちに遭う。

全力で立ち向かっても、敵わないのだ……と。

肉体的にはもちろん、精神的にもグウの音《ね》も出ないほど叩《たた》き込まれた。

ここに入るまでの斗貴は、誰とケンカをしても負けなかった。

場の判断能力に優れているらしく、卑劣な道具を持ち出す輩《やから》を本能的に避けていたことも幸いしたに違いない。

ありとあらゆる意味で負け知らずだった斗貴は、藤村によって生まれて初めて完膚なきまでに『敗北』を突きつけられた。

しかも、ここを修了したことで縁が切れるかと思いきや、現場復帰を命じられた藤村と実務の場でバディを組むことになってしまった。

自分たちを管理するのは、『国家』だ。辞令が下れば、どんな不満があっても拒否などできるわけがない。

どれほど理不尽な命令だろうが、自分たちには「イエス」以外の選択肢などあり得ないのだ。

「くそっ、嫌なことまで思い出しちまった」

一週間ほど前のやり取りを呼び覚まされた斗貴は、舌打ちして口汚いつぶやきを零《こぼ》し、眉《まゆ》を顰《ひそ》めた。

右手で拳を握り、自分の頭を殴ることで思考を切り替える。

「さてと、どうやって上まで行くかな」

両手を腰《こし》に当てると、なだらかな登り坂を見上げた。

この島までは、食料等の荷物運搬用の船に便乗させてもらったのだ。手ぶらだったら走って養成所や寮のある山の上に向かうのだが、今日は私物を収めたボストンバッグという荷物がある。

養成所から荷運びのための車が迎えに来るだろうから、それに乗せてもらおうか……と吐息をついたところで、小道を下ってくるワゴン車が目に入った。

「あ……れ？」

船で運ばれてきた荷物を引き取りに来たのかと思えば、斗貴のすぐ脇で停まり、助手席側のウインドウが下がる。

なにげなく覗《のぞ》き見た車内、運転席に予想もしていなかった人物を見つけ……瞠目《どうもく》して絶句した。

「橘《たちばな》！　悪い、エンジンの調子が悪くて……船が着く前に来て待機しているつもりだったんだが、待たせたか？」

啞然《あぜん》とした顔になっているであろう斗貴に、落ち着いた声で話しかけてきたのは、共に養成所での二年を過ごした友人だった。

この鷹野宗二郎《たかのそうじろう》と、もう一人……名塚塁《なつかるい》と、斗貴。

三人で切磋琢磨《せっさたくま》しながら、命がけと言っても過言ではない厳しい訓練を乗り越えた。面映《おもはゆ》い言い回しだが、鷹野と名塚は斗貴にとって親友とも言える存在だ。

「橘？　船酔いしたか？」

「鷹野ぉ？」

再び名前を呼ばれたことでようやく硬直が解けた斗貴は、驚きのあまり素《す》っ頓狂《とんきょう》な声を上げてワゴン車の運転手を指差す。

鷹野は、失礼な仕草にも不快感を示すことなく、仄《ほの》かな微笑を浮かべた。

「久し振りだな。おまえは相変わらずのようで、少し安心した」

「な、なんで……おまえ、こんなとこ……に」

同期の鷹野は、斗貴と同じく実務に就いていたはずだ。ここで顔を合わせるなど、予想もしていなかった。

動揺を隠せない斗貴に、鷹野は微笑を深くした。訓練を受けていた当時から、同じ年頃の訓練生の中でも群を抜いて落ち着き払っていた鷹野は、更に風格のようなものが備わったみ

たいだ。

「去年、ここの教官に就任したんだ」

「は……あ、なるほど」

ワケを聞けば、納得だ。冷静になって考えれば、鷹野がここにいる理由などそれ以外にない。

いくら友人でも、養成所を修了した後に連絡を取る術《すべ》はほとんどない。生死に関わる情報は例外として、数年に一度、不定期に開催される同期会で顔を合わせた際に近況を知ることができるくらいだ。

鷹野が教官か。確かに、訓練生だった当時から抜群の統率力を誇っていた彼なら、適役だろう。

「臨時の新任教官の出迎えを仰《おお》せつかった。リムジンじゃなくて悪いが、乗れ」

そう言って助手席を指差した鷹野に、斗貴は苦笑を滲ませる。

この男から軽口が聞けるとは、意外だ。

「おまえ、冗談が言えるようになったんだなぁ」

共に訓練を受けていた頃は、生真面目《きまじめ》で実直という形容がピッタリで……冗談がまるきり通じないヤツだったのに。

助手席のドアを開けて、足元にボストンバッグを置く。よいせ、というかけ声と共にシートに乗り込んだ斗貴に、鷹野は首を捻《ひね》って答えた。

「冗談……？　なにが？」

どうやら、本人は冗談を口にした自覚がないらしい。本気で、リムジンで出迎えられなくて悪いと思っているということか？

やっぱり、鷹野は鷹野だ。

斗貴は、記憶に残るままの友人になんとなくホッとした気分になって、運転席にいる鷹野の左腕を叩く。

「いや、わかんないならいい。じゃ、出発！　あの時みたいに、上まで走れって言われなくてよかった」

「ああ、今のおまえは訓練生じゃなくて教官だからな。ただ、当時の教官や職員が何人か残っているから、環境的にはあんまり変わらないぞ。橘が着任するっていうんで、嬉《うれ》しそうに待ち構えている」

「げー……」

舌を出して、顔を顰《しか》める。

嬉しそうに、か。間違いなく、自分を絶好の『暇潰し』にする気だ。

「橘は反応がいいから、可愛《かわい》がられるんだ。まぁ……諦めろ」

可愛がられる、か。

当事者の斗貴にしてみれば、迷惑千万《めいわくせんばん》というやつだ。

これも、鷹野の口から出た言葉でなければ嫌味か皮肉かと殴りつけるところだが、この男にそういう意図がないということはわかっているので文句は言えない。

「そういえば英《はなぶさ》さんが、橘が来るなら今夜はこっそり特別メニューを用意する、って張り切ってたぞ。夜に食堂でミーティング……という名目の歓迎会をしよう、だと」

「おー、エイ！　まだここの厨房《ちゅうぼう》にいるのか。元気か？」

英慶太郎《けいたろう》は、斗貴たちが訓練生だった頃にやって来た養成所の調理人だ。年齢が近いこともあり、気が合うよき友人でもあった。ここを出てからは連絡を取ることもなかったのだが、思いがけず逢《あ》えるのは嬉しい。

「変わりはないな」

「そりゃなにより」

鷹野の返答に、自然と頬《ほお》を緩ませる。

臨時教官の任は憂鬱《ゆううつ》だったけれど、こうして旧友と共に働くことができるのなら、そう悪くない。

「なんか、夕焼けまで懐かしいなぁ」

大きく息をついた斗貴は、フロントガラス越しに車内に入るオレンジ色の西日を避《よ》けようと目の上に手を翳《かざ》した。

船に乗り、桟橋に降り立つ前……鷹野に逢うまでの憂鬱な気分は、いつの間にか吹き飛んでいた。

□　□　□

島の中心となる小高い山の上には、整備された運動グラウンドが広がり、隅には畳敷きの武道場がある。

その奥には、武骨な鉄筋コンクリート造りの建物が連なっている。訓練生や職員の寮などの生活スペースを始め、語学や危険物取扱に関する学科講義のための教室、火薬等を使用した実技のための特殊構造の建屋……こうして外から眺める限り、斗貴が過ごした頃となにも変わっていない。

「まずは荷物を部屋に置いてこい。これがおまえの部屋の鍵だ。俺は、先に教官室に行ってるから」

「ああ。さんきゅ」

鷹野から職員寮の鍵を受け取った斗貴は、ボストンバッグを手に建物沿いを歩く。

教官室や教官たちの居室があるこの棟は、訓練生時代はできるだけ寄りつきたくない場所だった。

優等生だった鷹野と違い、斗貴が呼びつけられる際は十中八九、お説教が待っていたからだ。

それも、ほぼ身から出た錆《さび》というやつなのだが……。

「えーと……一〇五か」

プラスチックのキーホルダーに黒のペンで記されている部屋番号を確認して、ドアの前に立つ。斗貴がここにいた当時から変わらない簡素なシリンダー錠は、軽い手応《てごた》えと共に開いた。

申し訳程度の玄関スペースで靴を脱ぎ、キッチンスペースを横目で見遣《みや》って奥の部屋へ歩を進める。

備えつけの小さなテレビの前に持っていたバッグを置くと、これも備えつけになっているテーブルの脇に腰を下ろした。

「はー……つっかれた」

独り言を口にしながら、ごろりとラグマットに寝転がる。手足を伸ばして大の字になった斗貴は、天井を見上げて特大のため息を零した。

目に映る職員の居室の天井も、記憶にあるままだ。

こうして一息つくと、どうしても『あの男』が頭に思い浮かぶ。あの男と過ごした濃厚な二年がギッシリと詰まった養成所の施設にいるせいで、尚更だ。

「ッチ、憎々しい」

想像の中でも、ヤツは斗貴を小馬鹿にした薄ら笑いを浮かべていた。ギュッと眉を顰めると、ここに来ることになった一連の流れを思い起こした。

《二》

「イテテ、こんなところにも内出血ができてやがる」

身体を捻った斗貴は、全身を映すことができる大きな鏡で背中を視認した。腰の少し上あたりに、手のひらサイズの見事な青痣《あおあざ》ができている。

「おまえ、バカだろ。わざわざ、プロテクターの隙間に青タンを作るなんてなぁ。器用なヤツだ」

斜め後ろから、あからさまにバカにした調子で声をかけられてムッと顔を顰める。

今回もバディを組んで任務に当たっていた藤村は、斗貴が養成所で訓練を受けていた際の教官だ。

そのせいか、元々の性格か……発言に容赦がない。

「反射的に避けようとして身体が動いちまうんだから、仕方ないだろ！」

睨《にら》みつけて言い返すと、藤村は「ふん」と鼻で笑った。

「それがバカだと言ってんだ。なんのためのプロテクターだ？」

「……あんたは、なんで打ち身の一つもないんだ。ムカつくなっ」

着替えるために上半身を覆っていたプロテクターを外し、シャツを脱いだ藤村は……自分と同じガードの任務に就いていたとは思えないほど、無傷だ。斗貴の目に映る範囲には、痣だけでなく擦り傷の一つさえない。

涼しい顔をしていて……八つ当たりだとわかっているけれど、腹が立つ。

「なんで、って……俺からすれば、今回みたいなチョロイ任務で傷だらけになるおまえのほうが疑問だな」

そう言いながら、腰の青痣部分を小突かれて、「イテェな！」と声を上げた。

任務中は緊張感のせいか大して痛いと感じないのだが、無事に任を終えた途端に身体のあちこちが痛みを訴えてくる。

今回の任務は、来日した某国皇太子《ぼうこくこうたいし》のボディガードだった。日本国内でのガードだと、海外のように物騒な飛び道具が一般的ではないだけマシだ。

ただ、最後の最後に、皇太子の私的な警護員から背反者が出たことだけが想定外だったけれど。

身内からの攻撃ということもあり、ほんの少し反応が遅れて……この有り様だ。

それも、藤村に言わせれば『甘い』の一言だ。斗貴自身も、わかっている。身内という理由で少し気を抜いていたことについては猛反省しなければならないので、強く言い返せない。

「しっかしアレもなにしに来やがったのやら。内部の反対勢力をあぶりだすのに、うまく利用された気もするな」

「おれも、そう思う。遊園地やらキャバクラやら引っ張り回しやがって」

表向きは、天然ガスについての協議ということだったが、政府高官との話し合いは二時間ほどで終わったのだ。

「豪遊して満足そうだったから、まぁ……いいんじゃねーの？」

珍しくぼやいた藤村と、チラリと視線を交わす。

続くため息は、ほぼ同時だった。

任務の内容がどうであれ、斗貴たちは課された役割を果たすのみだ。

無事に三日の日程を終えた皇太子が専用機で日本を発《た》ったことで、斗貴と藤村は任務終了を言い渡された。

ＳＤの本部とも言える施設の一室で、支給されている武器を返却して着替えているのだが……藤村と自分を見比べると、どうにも面白くない。要領が悪いことは重々自覚しているけれど、つい文句が零れてしまう。

「管理官に呼ばれてるから、行ってくる。おまえは一人で湿布でも貼ってろ」

ガコンと大きな音を立ててロッカーを閉じた藤村は、そう言いながら上着に袖《そで》を通す。任務終了後に珍しくスーツを着ている理由は、それか。

「はぁ？　報告なら、おれも……」

「お呼びなのは、俺一人だ。いい子で待ってろ」

「ッ！」

ネクタイを整えた藤村は、犬に『待て』を言いつけるように斗貴に向かって手のひらを翳すと、部屋を出て行った。

子供……以下、動物扱いだ。

残された斗貴は、ギリギリと奥歯を嚙《か》み締めて……ロッカーに常備している支給品の湿布に手を伸ばした。

「くそっ、手ぇ届くかな。藤村に貼らせようと思ってたのにさ」

身体を捩《よじ》って背中に湿布を貼りつけながら、藤村一人を呼びつける管理官の用事とはなんだろう……と首を捻る。

「たまーに、とんでもないコトを命令してくるからな」

明日の自分になにが待っているのか、予想もつかない。ただ、今日はこれで帰宅を許されるはずだ。

「どっかで豪勢な飯を食ってやろ。どうせ、お上《かみ》が払ってくれるんだ」

任務終了後は、ご褒美とばかりに国が支払うカードが支給される。この日だけは、日頃は無縁のウン万円クラスのフルコースで晩餐《ばんさん》を愉《たの》しもうが文句は言われない。

ただ、実際は場違いな高級店は窮屈なので、せいぜいハイクラスの焼き肉店を訪れる程度なのだが。

「早く戻ってきやがれ」

魅惑のカードを持ち帰るであろう藤村を待って、ロッカーにもたれ掛かった。


「次の寝床はここだ」

SDには定まった官舎等はなく、任務のたびに住処《すみか》を転々とすることになる。

藤村と共にタクシーを降りた斗貴は、なんの変哲もないマンションを見上げて「ふーん」と鼻を鳴らした。

手渡された鍵を受け取り、エレベーターに乗り込んで隣に立つ藤村を見上げた。

「管理官、なんて?」

「堪《こら》え性《しょう》のないヤツだな。……チェックを終えてからだ」

エレベーターの中で話すことではない。部屋に入り、盗聴器が仕掛けられていないかのチェックをしてからだ、と足元を蹴られる。

もっともな言い分なので、グッと奥歯を噛んだ斗貴は藤村の爪先《つまさき》を軽く蹴り返した。

深夜の廊下は静かだ。誰ともすれ違うことなく、鍵に取りつけられたホルダーの部屋番号が記された一室に辿《たど》り着く。

チラリと背後を振り返って、自分たちを追ってきた人影がないことを確認すると、素早く玄関に入って扉を閉めた。

二LDKといったところか。ファミリータイプのよくある間取りだが、仮住まいとしては十分だ。酷《ひど》い時だと、プライベートのないワンルームに二人で押し込められるのだから、ありがたい。

携帯型の装置で盗聴器の類《たぐい》が発する電波が感知されないことを確認して、ようやく肩の力を抜く。

必要最低限の家具や家電がひと通り備えられている部屋は、整然としているが故《ゆえ》によそよそしい空気が漂っていて、居心地がいいとは言えない空間だ。

ただ、共にいるのが藤村だから……気を抜くことができる。こんな甘えたこと、間違っても口に出す気はないけれど。

「次の任務まで、一週間の休暇が出た」

ソファ代わりの大きなクッションに腰を下ろした藤村が、唐突に口を開いた。立ったままの斗貴は、藤村の頭を見下ろして「一週間？」と首を傾《かし》げる。

「……国内でのチョロイ任務だったわりに、長いな」

声と同様、訝《いぶか》しげな顔になっているはずだ。

一週間も休暇をもらえた……と、素直に喜ぶことはできない。なにか裏があるのでは、と疑ってしまうのは数々の前例があるせいだ。

管理官に言われるまま、任務に就くのが自分たちSDだ。訓練生の頃から、嫌というほど心身に叩き込まれてきた。

でも、たまに「警察犬のほうがよろしい待遇だろ」と文句を言いたくなるほど、粗雑な扱いをされることもある。

「あー……その休暇明けに、みっちり拘束されるからな。今の予定では、二か月。場合によって、それ以上」

「はぁぁ？　なんで、そんなに長いんだよ。国外か？」

二か月という任務期間の長さに驚いて、素っ頓狂な声を上げた。

藤村の隣にどっかりと腰を下ろし、「詳しく話せ」と詰め寄る。

「だいたい、辞令を交付するのに、なんであんただけ呼びつけるんだ？」

「……今回言い渡されたのは俺だけを指名した任務で、おまえと別行動するからだな。ほら、管理官からおまえへのラブレターを預かってきたぞ」

「ラブ……気持ち悪《わり》ぃ言い回しするなよ。管理官のメタボな腹を思い出したじゃんか」

藤村がスーツの上着から取り出したのは、白々しく『親書』と印字されている白い二重封筒だ。眉を顰めながら、それを受け取る。

無造作に封筒の上部を手で破って、中に納められている紙を取り出した。

辞令、橘斗貴の一文から始まる文面に目を走らせていた斗貴だが、読み進めるにつれて眉《み》間《けん》の縦皺《たてじわ》を深くする。

唇《くちびる》を嚙んだところで、藤村が尋ねてきた。

「不細工なツラになってるぞ。面倒な内容か？」

どうやら、藤村は斗貴に言い渡される辞令の内容までは知らないらしい。隠す必要はないかと、右手に持っていた紙を藤村に向けて差し出す。

「欠員が出た養成所で……臨時教官」

「へー……」

予想外の内容だったのか、藤村は一瞬目を見開いて珍しく驚きを表す。

斗貴は、藤村が辞令書に視線を落としているのを視界の端に映しながら、特大のため息をついた。

辞令書の内容は、こうだ。

病気療養のため、養成所で教官を勤めていた一人が島を離れることになった。復帰までの穴埋めとして、斗貴に白羽の矢が立てられた。予定では、二～三か月。彼の復帰時期によっては、それ以上となる可能性もある……と。

「つーか、なんでおれだけ教官？　あんたは、そのあいだ別のヤツとバディを組むってことか？」

ＳＤのバディシステムは、一朝一夕で成り立つものではない。日頃から積み重ねた、互いへの信頼関係が重要なポイントなのだ。誰でも、得体の知れない人間に自分の命を預けたくはないだろう。

斗貴が養成所の教官として『あの島』に赴くのはまだいいとして、別任務を言いつけられたという藤村はどうするのだろう？

「ひとまず今回は、別のチームに混ざる。現場で顔を合わせたことはあるし、まったく知らない人間じゃない。その後は……お国のお達しに従うのみだな」

斗貴ではなく、別の人間と組むのか……複数人数でのチームとして任務に当たるのか、藤村自身にもよくわからないらしい。

どうでもよさそうな淡々とした様子に、斗貴はじわりと焦燥感に似たものが湧くのを感じた。

自分たちは国の管理下に置かれているのだから、命令に逆らえない。こうしたいと主張することもできない。

それは、斗貴も頭では理解していて……でも、感情は別だ。

斗貴以外の人間と組むことになっても、「ま、しゃーねぇ」と簡単に受け入れられるのか？

もし今回の辞令が逆で、斗貴が藤村ではない相手とバディを組むことになっていたとしても、「あっそう」と軽く受け流していたのかもしれない。

そう頭に過《よぎ》った途端、ググッと眉間の皺が深くなる。

養成所での二年。修了後、こうしてバディを組むようになってからは二年余り。

そのあいだに、それなりに信頼関係を築いたつもりだ。公私ともに、藤村にとって『代わりのいない特別な』存在になれたと自負していた。

でも、時々自信が揺らぐ。

藤村に、必要以上に依存しているつもりはない。

けれど、自分が藤村に寄せる信頼と藤村が斗貴に寄せる信頼の度合いには、かなりの温度差があるのでは。

「あんたは……それでいいのかよ」

「いいも悪いも、逆らえないんだ。文句を言っても通じる相手じゃない。……なんだ、俺と離れるのが淋《さび》しいか？」

ニヤリ、と。

人を小馬鹿にしているとしか思えない、憎たらしい薄ら笑いを浮かべながらの台詞《せりふ》に、我慢の限界が来た。

「あんたは、いっつもそうだよな！　自分だけ余裕綽々《よゆうしゃくしゃく》で、おれをガキ扱いして高いところから見下ろして……今でも、訓練生の時と同じ感覚なんじゃないか？」

「バカか。そんな頼りない相手に、てめぇの命を預けられるかよ」

即答だ。迷う素振りも見せない。

斗貴を見る目にも、嘘《うそ》はなくて……でも。

「じゃあ、なんで……他の人間とバディを組むかもって時に、平然としてるんだよ。おれじゃなくても、あっさり受け入れられるってことだろ」

情けないことを口にしている。

そんな自分に、なによりも腹が立って……感情を窺《うかが》わせない淡々とした目でこちらを見ている藤村が、憎たらしくてたまらない。

もどかしさのあまり、両手で拳を作って自分の膝《ひざ》に叩きつけた。

「なんか言えよっ！」

「今、俺がなにを言ってもオマエは反発するだけだろ。ハイハイつって、素直に聞ける自信があるか？」

落ち着き払った声で、理路整然と口にした藤村の言葉はもっともなものだった。だからこそ、斗貴は神経を逆撫《さかな》でされる。

いつ如何《いか》なる時でも、冷静であれと教えられてきた。実際の現場では、一瞬の迷いや動揺、時には怒りが命取りになる。

ヒヨコだと眉を顰められながらも、そう努めてきたし……ある程度は巧みに乗り越えてきたと、自分では思っていた。

それなのに、この男は斗貴が激高するポイントを見事に突いてくる。

「おれは、あんたの考えが聞きたいだけだ」

「だから、俺は辞令に従うだけだ、って言ってんだろうが」

微妙に噛み合わない。ほんの少しのズレがもどかしくて、両手を伸ばした斗貴は藤村の襟《えり》元《もと》を摑《つか》んだ。

「似合わねーんだよ、ネクタイ」

「……オマエよりは似合うと思うが」

「あんたも、おれも……ネクタイが意味するのは、所詮『お国の首輪』だけどなっ」

自分たちがネクタイを締めてスーツを着るのは、任務で必要になった場合か大臣クラスの人間の前に立つ時だ。

あとは……親の葬式くらいか？

シレッとした顔でネクタイをしている藤村が憎たらしくて、慣れない手つきでネクタイを抜き取る。

イライラした気分のまま、藤村に圧《お》し掛かって肩を押さえつけた。

「おいおい、八つ当たりで襲う気か？」

「なんとでも言え」

なんらかの方法で発散しなければ、身体の内側で血が沸騰しそうだ。

余裕の滲む笑みを浮かべている藤村を睨みつけ、シャツのボタンに指をかける。

ちまちまとボタンを外すのが途中で面倒になり、下二つを残して裾《すそ》をスラックスから引っ張り出した。ついでにベルトを外し、フロントを開放する。

そうして斗貴が服を乱しているあいだ、藤村はなにを考えているのか読めない無表情で、斗貴にされるがままになっていた。

「抵抗しないのかよ」

チラリと藤村と目を合わせて、低く尋ねる。

いつもだと、このあたりで身体を起こして形勢逆転を図られるのだが……あまりにも無抵抗だと、不気味だ。

「抵抗されたほうが煽《あお》られるか？　ケモノめ」

クッと肩を震わせた藤村は、唇の端をほんの少し吊《つ》り上げて薄ら笑いを浮かべる。

余裕綽々、という形容がこれほど似合う表情は他にないのでは、と思うほど悠々とした顔だ。

こうして至近距離で目にしても、男らしく精悍《せいかん》な顔立ちで……実に憎たらしい。

「そうじゃねーよっ。くそっ、余裕ですってツラしやがって。いつまでそうしていられるか、楽しみだな」

藤村の頭の脇に手をついて、噛みつくような勢いで唇を重ねた。唇の合わせから舌を潜り込ませると、挑むような気分で絡みつかせる。

藤村は応じるでも逃れるでもなく、ただ斗貴の思うようにさせていて……手応えのなさに焦燥感が込み上げてくる。

「ッ、本っ当に腹が立つな。無反応、つまんねぇんだけど」

「ああ？　そいつは悪かったな。おまえの好きにさせてやるつもりだったんだが……ま、お望みならば応えてやろうか」

斗貴を見上げた藤村は、ニヤリと不気味な笑みを浮かべた。

腹筋だけで上半身を起こし、斗貴の頭を引き寄せる。

「っく……ッ」

つい先ほどまで、電池が切れたロボットのように動かなかったくせに……斗貴の口腔《こうこう》を縦横無尽に舐《な》め回してくる。

またしても、藤村の罠《わな》にかかってしまったらしい。変に遠慮せず、思うままやってしまえばよかった。

「ち、くしょ……、引っかけたな！」

「バーカ。おまえが単純すぎるんだよ。せっかくチャンスをやったのに」

大人《おとな》げない台詞と共に、ククッと憎たらしい笑みを零しながら、耳元に唇を押しつけてくる。

軽く歯を立てて吸いつかれ、ゾクゾクと肩を震わせた。

藤村の腕の中、もぞもぞと身体を捩った斗貴は頬を歪《ゆが》ませる。

「う、そつけ」

チャンスをもらったとは思えない。どうせこの男は、斗貴に隙があれば形勢逆転しようと最初から決めていたに違いない。

ただ、隙を見計らうまでもなく……斗貴が自ら罠に足を突っ込んだだけのようだが。

「学習能力がゼロに等しいよな」

ふん、と鼻を鳴らしてつぶやいた藤村に、「ちくしょう」と喉《のど》の奥で唸った。

「ァ、っうるせ……っ。あんたが相手、だから……だっ」

藤村が相手でなければ、もっとうまく立ち回れるはずだ。

認めるのは癪《しゃく》だけれど、斗貴にとって藤村はいろんな意味で特例なのだ。初めて顔を合わせた五年前から、今に至るまで。

背中を殴りながら、あんたのせいだと八つ当たりした斗貴に、藤村はピタリと動きを止めた。

「おまえの、そういうあたりが、だな……。あー……クソッ。こんなので煽られる俺も、バカってことか」

首元に顔を埋《うず》めたまま苦々しく口にした藤村が、どんな顔をしているのか……斗貴にはわからない。

けれど、首筋を撫でる吐息が熱を上げたように感じて小さく身体を震わせる。

普通ならば、こうして肌《はだ》を合わせている時はもっと艶《つや》っぽい空気が漂うはずだ。

それなのに、斗貴が意地を張るせいか藤村が挑発するせいか、どうにも色気に欠ける。

「く、そ……っムカつく、な」

甘い台詞からはかけ離れた罵《のの》り文句を口にして、眉を寄せながら藤村の髪を掻《か》き乱した。

首筋に顔を埋めていた藤村の頭を引き離すと、至近距離で顔を突き合わせる。どちらからともなく顔を寄せ、再び唇を重ね合わせた。

「っ、ん……ぅ」

藤村とのキスは、斗貴にとって戦いだ。

手管に流されてトロリとした心地よさに酔うほうが楽だと、頭ではわかっていても……この男の思惑に嵌《は》まってしまうのが悔しい。

結果、いつも挑戦的な気分で舌を絡め返すことになる。

「っは、ぁ……」

舌先を甘噛みされて、ゾクゾクと背筋を震わせた。

どこをどうすれば抵抗できなくなるか。

弱点を、恐らく斗貴自身よりも知り尽くしている。素肌を撫でる大きな手に、ゆるく眉を寄せて身体をビクッと強張らせた。

「ぁ！　っちょ……と、待……」

口づけに意識を奪われているあいだに、ズボンのベルトを抜かれてしまった。キスから逃れて身体を離そうとしても、下着のウエストからスルリと潜り込んできた手に動きを制される。

「待てと言われても、なぁ。ここで止められたら、困るのはおまえだろうが」

揶揄《やゆ》する口調でそう言いながら、反応しかかった屹立《きつりつ》を大きな手の中にゆるく握り込まれる。

腰からジワリと広がる心地よさに、グッと息を呑《の》んだ。

「ッ、く……そ」

「口では威勢のいいコトを言いながら、これか」

「うるせ、ッ……あんたが、エロい手つきで弄《いじ》るから、だろ。ぁ……ッ」

睨み合っているあいだも、藤村の手は斗貴に触れ続けている。憎たらしい言葉とは裏腹に、じっくりと触れて快楽を引き出そうとする。

「ハイハイ、俺のせいだよ。カワイーなぁ」

「なん……ッ、ぅ……」

からかう口調での『カワイー』に反論しようとしたけれど、口づけで言葉を封じ込められた。

口腔の粘膜をくすぐりながら、指を絡みつかせてくる。

「ン、ン……っっ、ぁ！」

片手で屹立を握りながら、もう片方の手が背中側から双丘の狭間《はざま》を探ってくる。

身を震わせて反射的に逃げかけたけれど、長い指が身体の内側に突き入れられるほうが早かった。

執拗な口づけと、屹立に触れる手。その二つで斗貴を惑わせながら、挿入した指を抜き差しする。

下肢から力が抜けそうになり、藤村の膝を跨《また》いで床についた膝がガクガクと震える。

「ッ、ぃ……て」

いつになく性急な手つきに、軽く苦情を零す。唇を離した藤村は、斗貴の顔を覗き込むようにしながら熱っぽい吐息をついた。

「悪い。禁欲生活が長かったからなぁ。ちょっとばかり、飢えてるんだ。……オマエも、そうだろ？」

「っふ……、そ……うだよっ。あんたの、好きにさせてやる、から……イイ思い、させろ……っよ」

飢えていたという言葉を否定できない。でも、カワイらしく「だから好きにして」などと言ってやれない。

潤む目で睨みつけながら口にすると、藤村はほんの少し眉を顰めて苦笑を滲ませるという複雑な表情で斗貴を見つめ返してきた。

「あー……じゃあ、お言葉に甘えて。ほら、足……上げろ」

ふっと短く嘆息すると、斗貴の片足を上げさせて中途半端に乱していたズボンを抜き取る。いつになく切羽詰まった様子で抱き寄せられて、広い背中に腕を回した。

「このまま、腰……下ろせるか？」

「仕方ね……っな」

藤村の腿《もも》を跨ぎ直すと、唇の端をわずかに吊り上げる。

あまり馴染《なじ》まされていないのだから、きっと苦痛があるとわかっていて……でも、余裕なく求められるのは嬉しかった。

こうなれば、こちらが翻弄してやる。と、乾いた唇を軽く舐めて藤村の屹立を自ら受け入れる。

「ッ……ふ、ぅ……」

息を詰めないよう、じわじわと腰を下ろして……灼熱《しゃくねつ》の塊を身に迎えた。

……苦しい。トクントクンと鼓動が響き、そこにもう一つ心臓があるみたいだ。

「ふ……」

でも、藤村がかすかに熱っぽい息をついたのが伝わってくるだけで、快さが苦痛を遥かに凌駕《りょうが》する。

「藤……村、ぁ！　急に、揺らす……なっっ」

「煽ったオマエが悪い」

傲慢な言葉に反論することができなくて、藤村の身体にしがみついた。

あらゆる意味で、身を預けられるのはこの男だけだ。別の人間とバディを組めと言われても、ハイハイと受け入れられる自信はない。

でも、藤村は違うのか……？　と、この場でぶつけるにはあまりにもみっともない疑問は、喉の奥に押し込めながら。

《三》

消灯間近の食堂は、食事時の喧騒《けんそう》が嘘のように静まり返っている。

照明を最低限に絞った食堂の隅でイスに腰を下ろした斗貴は、ぐったりとテーブルに突っ伏した。

今日も、やっと心安らぐ時間がやって来た。

「……あいつら全員、次の定期試験で落とされてしまえ」

冷たいテーブルに額を押しつけて、ブツブツと呪詛《じゅそ》を吐く。斗貴は自他ともに認める能天気人間で、これまでストレスという単語を自分には無縁だと鼻で笑っていたのだが、このままだと円形脱毛症になりそうだ。

その、ストレスの元凶……閉じた瞼《まぶた》の裏に思い浮かべているのは、現在斗貴が指導している一期生、赤クラスの面々だ。

「橘、暴言」

隣のイスに腰かけている鷹野が、斗貴の独り言をボソッと諫《いさ》めてきた。ピクッと眉を震わせた斗貴は勢いよく顔を上げ、鷹野に詰め寄る。

「だって、あいつら全然おれの言うこと聞かねーんだぞっ。そのくせ、おまえにはビシッと従いやがって。なに？　なんなの？　おれ、舐められてる？」

「……親しみを持たれてるんだろ」

鷹野は、声を荒らげる斗貴に表情を変えることもなく、短く口にする。

相変わらず、年齢不相応な落ち着きだ。

訓練生たちには、鷹野と斗貴が同じ年でここでの同期だったと言っているのだが、信じてもらえていないに違いない。

くそぅ……と顔を歪ませた斗貴は、ガシッと鷹野の肩に手をかけて愚痴を続ける。

「しかも、人にふざけたあだ名をつけやがって！　トッキーってなんだよ。おれは、教官サマだぞ。絶対君主じゃなかったのか？」

自分が訓練生の頃を思うと、『教官』という存在は逆らえない相手だった。心の中や仲間内で、『暴君』とか『絶対君主』と苦々しく呼んでいたものだ。

それなのに、いざ自分がその立場に置かれてみれば、どうにも軽く扱われているような気がしてならない。

そうして鷹野に絡んでいた斗貴の脇に、コンとマグカップが置かれる。

「まぁ……斗貴は、教官って雰囲気じゃないよな。兄貴的に慕われてるんだろ、って俺も思うが」

鷹野とは反対側のイスを引いて座ったのは、この食堂を取り仕切っている……英だ。斗貴が訓練生としてここに在籍していた時から勤め始め、既に三年余りになる。

鷹野と同じく気心が知れた相手ということもあり、ついこうして遠慮なく押しかけてきてしまう。

斗貴にとって、自分のデスクがある教官室より遥かに居心地のいい場所だ。

「エイまで、そんなこと言うのか……」

英の愛称を口にして特大のため息をつき、肩を落とした。

自分には教官という肩書きが不釣り合いで、威厳が足りないということは自覚している。よく言えば親しみやすい気質が災いして、従うべき相手というより訓練生たちの同類項に取り込まれているような気がしてならない。

「まぁまぁ、これでも食え。特製のプリン。おまえ、好物だったろ」

「さんきゅ」

英のプリンは、訓練生時代、今と同じように深夜のこの場所でコッソリとおやつを食べさせてもらっていた頃からの好物だ。

マグカップに刺さっているスプーンを手にした斗貴は、卵色のプリンを一匙《ひとさじ》掬《すく》って口に入れるとホッと息をついた。

卵と牛乳だけのシンプルなプリンはどこか懐かしく、ささくれ立った心を慰めてくれる。

「なーんていうかさ、おれらに『アホ、バカ、ボケ』を連発してた藤村の気持ちが、ちょっとだけわかったかも」

力なくぼやいた斗貴に、鷹野がほんの少し苦笑を滲ませた。

「……藤村教官が聞けば、泣いて喜びそうなセリフだな」

そんなつぶやきに、眉間に刻んだ皺を深くする。

泣いて喜ぶ、か。

「ヤツがマジで泣いて喜ぶなら、いっくらでも言ってやるけど。……まぁ、あり得ないだろうな」

スプーンを銜《くわ》えて、天井にある薄汚れた蛍光灯を見上げた。きっと、今の斗貴は遠い目をしている。

視界の隅に映る鷹野は、「ん……そうだろうな」と低く口にして、斗貴と同じように天井を見上げた。

「藤村教官、か。斗貴たちの修了後に現場復帰したって聞いたけど、元気かねぇ」

一応、英も国の機関の職員だ。けれど、ＳＤの任務については機密に関わることでもあるので、詳しく語ることはできない。

斗貴と藤村がバディを組んでいたことを知らない英は、世間話のつもりで口にしたに違いない。

「知らねーよっ」

不機嫌な口調で吐き捨てた斗貴に、ある程度の事情を知っている鷹野は仕方なさそうに嘆息した。

斗貴がここにいた頃、散々藤村に突っかかっては返り討ちに遭っていたことを思い出したのだろう。英は、

「おまえが藤村教官に反発するのは、相変わらずだな」

そう言って笑ったけれど、思いがけず的を射た台詞となっていることに……他意はないはずだ。

語るに落ちる、という危険を冒すリスクを回避するべく、斗貴はプリンを口に入れて自ら言葉を封じる。

「そうだ、鷹野。この前、朝飯のおかずを盛大に食い残してた訓練生がいたんだけど……アレルギーじゃないよな」

「ああ……アレはただの好き嫌いだ。放っておいて構わない。死にそうなほど腹が減ったら、好き嫌いなんて言ってられないだろう」

鷹野と英がポツポツ会話を交わしているのを聞きながら、藤村の嫌味なほど整った顔を思い浮かべ……想像の中で踏みつけた。

そうして根暗な意趣返しをしても、気分は晴れなくて。

マグカップを鷲掴《わしづか》みにした斗貴は、底のところに溜《た》まっていたやけに苦く感じるカラメルソースを喉の奥に流し込んだ。

□□□

朝食後、教官室に一歩足を踏み入れたところで名前を呼ばれた。

「橘！　……教官」

「とってつけたような『教官』は不要です。なんですか？」

斗貴が訓練生だった頃からここにいる古参の教官篠原《しのはら》は、斗貴を『教官』扱いすることに慣れないらしく、どうにもやりづらそうだ。

そのあたりはお互い様なので、苦笑いで好きに呼ぶよう告げて聞き返した。

「昼前に、本土からの船が着くんだが……ちょっと特殊な訓練生が来ることになっている。迎えに行ってもらえるか」

「そりゃ、構いませんが……この時期に？」

一期生がここで訓練を受け始めてから、半年が経っている。自分がここにいた時のことを思っても、途中で脱落して島を離れる訓練生はいても中途半端な時期に編入してくる訓練生は皆無だった。

どういうことだ、と訝しむ思いが顔に出ていたのだろう。ファイルを手にした篠原が、斗貴を手招きする。

「特殊というか、少しばかり厄介なんだ。……ま、おまえも厄介だったが、全然違う方向での問題児だな」

「余計なひと言は聞かなかったことにします。なにが厄介？」

問題児だったことは否定できないので、強く反論できない。墓穴を掘るはめになりそうなので、自分に関しては聞き流して彼のところに歩み寄った。

「これが、彼に関する資料だ。短期研修という名目で、主に護身のための訓練になる。詳しくは、まぁ……とりあえず、読め」

「……説明が面倒なんだろ」

ファイルを差し出された斗貴は、つい思ったことをそのまま口に出してしまった。

小声だったのだが、近距離にいる彼にはバッチリ聞こえてしまったらしい。持っていたファイルで、容赦なく頭を叩かれた。

「いいから、読め！」

「イテェ……扱いが、訓練生の頃のまんまだよな」

ぶつぶつ零した斗貴に、篠原は「おまえのせいだろ」と返してくる。

一応、今では立場的には同等のはずだ。それらしい落ち着きのない自分も、悪いとわかっているが。

唇を引き結んだ斗貴は、頭を叩くのに使われたファイルを受け取って目を通す。

「市来真魚《しらいまお》、十八歳。出生地、神奈川県。親兄弟を始め、三親等内の身内はナシ。主要な非行歴……って、なんだこりゃ。マジで？」

素っ頓狂な声を上げた斗貴は、簡潔なプロフィールの下にズラリと列挙された非行歴を見ながら、「うわぁ」と眉を顰める。

見事、という表現は称賛するようで正しくないかもしれないが、それ以外に言いようがない経歴だった。

「十八、だよな。で……この五年くらいで、これだけのことをやってんのか」

「判明しているだけで、だ。裏が取れていないだけで、実際はもっとあるだろうな」

そこに記されていたのは、政府機関の爆破事件から外資系銀行に設置されている特殊金庫破り、国の中枢とも言えるシステムへのコンピュータウィルスを用いた攻撃……と、十代の少年がやってのけたとは思えないものばかりだった。

怖《こえ》ぇ……と眉を顰めて、つぶやきを零す。

「これ……全部一人で、じゃないよな？」

傍《かたわ》らにいる篠原は、驚きのあまり素の口調になってしまった斗貴を咎《とが》めることなく、ファイルをトンと指先で叩く。

「ほぼすべて、実行犯は別だ。本人は裏方に徹していたようで、これまでまったく尻尾《しっぽ》を摑めなかった」

「それが、なにがどうなってここに？」

表沙汰《おもてざた》になったということは、なにかのきっかけで逮捕された、ということだろう。そこまではいいとして、どうしてこの島に送られてくるのかが疑問だ。

首を捻る斗貴に、篠原は「それがなぁ」と渋い顔をする。

「ようやく尻尾を摑んで拘束したそうだが、俗にいう司法取引だ。敵にするには空恐ろしいが、手駒としては魅力的だろ。お国に協力するのを条件に、起訴もせず収監を免除する。これまでの非行歴も、データベースから消去だ。どうせ、未成年だから大した罪にはならんが……これからのことを考えれば、監視下に置いたほうが得策だな。国内外の厄介な組織に利用されると、面倒だ」

「あー……ナルホド」

軽く首を上下させた斗貴は、苦い口調そのままの顔をしているに違いない。

お上の考えそうなことだ。正直言って、胸糞《むなくそ》が悪い。

「でも、この手のヤツが素直に言うことを聞いたっていうのは意外だな。反発しそうなもんだけど」

同じ年頃の自分に置き換えれば、素直に「ハイ」とは答えなかったと思う。前科がつこうが、更生施設に送られようが……どうでもいいと高《たか》を括《くく》り、言われるまま国の監視下に置かれるのはごめんだと。

「そうか？　いざ拘束されて大事になったら、ヤバイと気づいて保身を図ったんじゃないか？　十八のお子様だ」

四十を超えた年齢の篠原は、斗貴の疑念に同意することなく苦笑を滲ませた。

そうかなぁ？　と首を捻った斗貴の背中を、バンと音を立てて叩く。

「どちらにしても、その市来についてはおまえに任せる」

「はぁ？　なんで、おれ？」

「ワカモノ同士だと、わかり合えるんじゃないか？　大事な頭脳だ。他の訓練生たちと同じ扱いはできん。ただ、あからさまに特別扱いもするなよ」

簡単に言ってのけるが、メチャクチャに面倒なことを口にしているという自覚は……あるようだ。

だからこそ、斗貴に押しつけたに決まっている。

「あんたら、メンドクサイんだろ」

「人聞きの悪い言い方をするんじゃない。おまえのスキルアップのために、だな」

「御託《ごたく》は結構。どーせ、おれに拒否権はないんだろ」

拗《す》ねて吐き捨てた斗貴に、篠原は目をしばたたかせて……唇の端を吊り上げた。

ここの教官に共通しているものだが、人を食ったような、という表現がぴったりの皮肉を含む楽しそうな薄ら笑いだ。

「わかってるじゃないか。ってわけで、頼んだぞ。なにも、おまえ一人で背負い込めと言ってるわけじゃない。鷹野に協力してもらえ。おーい、鷹野！」

教官室の出入り口付近にあるデスクに着いていた鷹野は、名前を呼ばれて「はい？」と顔を上げた。

来い来い、と手招きされるまま、ゆったりとした足取りで歩いてくる。

「橘、説明しておけ」

「……どこまで無精者なんだよ」

篠原は、ジトッとした目で睨んだ斗貴に背中を向けて、露骨に『聞こえていないふり』をする。

いい年したオッサンのくせに、大人げないことこの上ない。

「なんだ？」

「あー……メンドウを押しつけられた」

特大のため息をついた斗貴は、鷹野に向かってファイルを開いて、『面倒』のお裾分けをするべく口を開いた。

自分も鷹野も、ここでは下っ端だ。拒否権は一切ない。


担当する赤クラスの学科講義を鷹野に任せた斗貴は、件《くだん》の特殊訓練生を迎えるため船着き場に立っていた。

食料等の物資を運んでくる定期船に同乗してくる……とのことだが、一番にタラップを降りてきたのは管理官だった。

ここでは、まずお目にかかれないスーツを着用していることだけでなく、襟元にある小さなバッジが『エリート官僚』を主張している。

「けっ、管理官がお付き添いかよ」

密《ひそ》かにつぶやいて、皮肉な笑みを滲ませる。

斗貴が訓練生の頃は、管理官など視察に訪れた姿を遠目に見るだけだった。直《じか》に会話をすることもない、雲の上の存在に等しい。

それが今は、まるで保護者だ。

それだけで、例の『市来真魚』がどれほど国家に重要視されている人物かわかるというものだ。

「どうも、お疲れ様です。養成所の教官を務めています、橘です」

背筋を伸ばした斗貴は、目の前に立つ管理官に頭を下げる。

現場のＳＤとは違い、管理官はエリート様だ。教官の証《あかし》である派手な蛍光オレンジのＴシャツに黒いワークパンツという出《い》で立《た》ちの斗貴と対照的なのは、高級そうなスーツだけでなく整えられた髪形も、だ。

いざとなれば捨て駒である自分たちとは、属するカテゴリーが違う。どうにも苦手な人たちだ。

「ご苦労。彼については、予《あらかじ》め聞いていると思うが……市来真魚くんだ。予定では、三か月ほどか。よろしく頼む」

「……はい」

短く答えて頭を上げた斗貴は、管理官の斜め後ろに立っている長身の少年にチラリと目を向けた。

管理官の陰になっていてよく見えなかったけれど、十八歳という年齢のわりに落ち着いた雰囲気だ。

太陽の光を弾《はじ》いている艶々としたダークブラウンの髪は、前髪は目元にかからず襟足は首筋ギリギリで……清潔感のある長さに整えられている。

根元部分から均一な色なので、カラーリング等の手は加えていないのだろう。紫外線の影響で、傷んで退色している自分とは大違いだ。

身長は、斗貴より少し高いくらいだから百八十センチあるかどうかといったところか。頭脳派だという触れ込みから、勝手にひ弱な『もやしっ子』を想像していたのだが、そんな予想に反して、なよなよした体躯《たいく》ではない。

なにより意外だったのは、非行グループの一員だったというわりに、荒《すさ》んだ空気を纏《まと》っていないことだ。

逆に、育ちのいいお坊《ぼっ》ちゃんと言われても納得できる感じだった。

支給品だと思うが、着ている服が長袖の生成りの開襟シャツとオリーブブラウンの細身パンツということも、お行儀がよさそうな空気を発するのに一役買っている。

さり気なく観察しつつ、足元から上に向かって視線を走らせる。

顔に目をやったところで、ちょうどアチラも斗貴に視線を向けてきて……バッチリと目が合う。

「……トキ」

「えっ？」

短いたった一言は、声には出ていなかった。でも、彼の唇が……確かに、『トキ』の形に動いたのを見逃さなかった。

不機嫌さを隠そうともしない表情の少年は、目を瞠《みは》った斗貴からふいっと顔を背ける。

斗貴が今のはなんだと問い質《ただ》そうとしたところで、

「いいか、市来。いざという時に大怪我《おおけが》をしないよう、ここで基本的な護身術を身につけろ。あと……ここにもパソコンはひと通り揃《そろ》っているから、好きに触ればいい。入用なものがあれば、この橋にでも言えば輸送の手配をする」

そう口にしながら市来の肩を叩いた管理官が、身体の向きを変えた。そのせいで、聞き返すタイミングを逃してしまう。

「私はこの船で戻る。なにかあれば、すぐに連絡するように」

「承知しました」

どうやら、本当に彼をここに送り届けるためだけにやって来たらしい。管理官は、斗貴に市来を託すと、降りてきたばかりの船に取って返す。

大事な頭脳のためとはいえ、遠路はるばるご苦労なこった……と心の中で皮肉をつぶやいた。

斗貴は、手際よく荷卸しを終えて離岸する船を見送りながら、なにを言うでもなく隣に立っている市来を目にする。

「……船酔いしなかったか」

「はぁ」

返ってきたのは、不愛想な一言だ。

よろしくない態度にムッと眉を顰めて、市来に向き合う。

「返事になってねーぞ」

「……」

今度は、唇を引き結んだままジロリと睨みつけられた。ますます可愛げのない反応に、ヒクッと頬を引き攣《つ》らせる。

それでも、彼にしてみればこんな辺鄙《へんぴ》な島に連れてこられて不本意だろうとわからなくはないので、深く息をついて苛立《いらだ》ちを鎮めた。

声に出すことなく、コッソリと「おれの手に負えるか？」と、ぼやく。

もともと斗貴は、本能と直感で行動するタイプだ。

この手の、理屈と計算で物事を推し進めようとするであろう頭脳派タイプとは、相性がよくない。

正直言って、苦手だ。間違いなく、気が合わなそうだ……というのは、きっとお互い様だと思うが。

それでも、だから関わりたくないとそっぽを向くことは立場上できない。

仕方ないな、という思いを表に出さないように気をつけて、市来に笑いかけた。

「ま、ヨロシクな。おれは、橘斗貴。ここの養成所の教官だ。つっても、欠員の穴埋めで臨

時教官だけどさ」

握手を求めて差し出した右手は……完膚なきまでに無視される。チラっと目を向けようともしない。

このヤロウと殴りつけたい衝動をギリギリのところで抑えて右手を引き、市来に引き攣った笑みを向けた。

「とりあえず、上に……寮と養成所の施設があるから、移動するか。バイクに二ケツだけど、大丈夫か？」

その言葉にも答えはなくて、理知的で凛々《りり》しいとも言える横顔を睨みつけた。

くそ、本当にカワイクナイ。

《四》

「なによりカワイクナイのが、平然とバイクのタンデムシートに座ってやがった。ビビッてガチガチになるかと思ってたのに、ヘアピンカーブに減速せず突っ込んでやっても、慣れたふうに乗りこなしやがって……もやしっ子じゃないのかよっ」

深夜の食堂で、テーブルにドンと拳を打ちつけてグチグチと恒例となったくだを巻く斗貴に、鷹野は呆《あき》れたような目をしている。

「大人げないぞ、橘」

「だって、おまえもアイツの態度、見ただろ？　他の教官やおまえには当たり障《さわ》りない態度で『はい』って答えるくせに、おれには鼻で『ふん』だぞっ」

斗貴に対する市来の態度は、ハッキリ言って「酷い」の一言だ。教官として敬う気など、一ミリもないに違いない。

ムカつく、と大人げなくテーブルを叩いて八つ当たりしている斗貴に、苦笑を深くした鷹野は「まぁまぁ」と背中を叩いてきた。

「俺から見れば、逆に特別って感じだけどなぁ。誰彼かまわず反抗的ならともかく、そつなく立ち回れるヤツが露骨に突っかかるっていうのは、おまえを意識してのことだろ？　迎えに行った時、なにかあったのか？」

理路整然とした鷹野の言葉に、ピタリと動きを止めた。

なるほど。自分以外の人間にはそつなく接しているのに、わかりやすく反抗的な態度を取るのはある意味特別か。

斗貴は、船着き場で初めて顔を合わせた時に……？　と、昼間の記憶を呼び起こす。

「特に、……あ」

ヤツの気に障ることをしたとは思えない、と口にしかけた斗貴は、ふと引っかかりを覚えて口を閉じた。

「なんだ？」

「ん……気のせいかもしれないけどさ、アイツの口が『トキ』って動いたような……？　おれが、名乗る前にさ」

確かにあれは、自己紹介をする前だった。

その後の態度があまりにもよろしくなかったので、今まで記憶の隅に追いやっていたのだが……。

「へぇ？　シャバにいた頃、逢ってたんじゃないのか？」

それまで黙って斗貴の愚痴を聞いていた英が、露骨に『面白そう』という顔をして口を開く。

教官を始め、ここの職員すべてに言えることだが……娯楽が極端に少ない日々を送っているせいで、『変わったことは大歓迎』と顔に書いてある。

それは斗貴も同じなので理解できなくはないが、自分がネタにされるとなればいい気分ではない。

「シャバにいた頃って、えーと……訓練生としてここに入る前だから、五年以上前になるか。あいつは、十二か三ってところだろ。接点なんか、皆無だよなぁ」

指を折って数えた斗貴は、その可能性はないと首を横に振る。

確かに、ここに入る前の自分は一言で言えば『自由人』だった。毎夜のように仲間と遊び歩き、補導員や警察官から逃げ回ったものだ。運よく逮捕歴こそないが、ギリギリの橋を渡り、何度も危機を潜《くぐ》り抜けた。

そうして遊ぶ相手は、たいてい同じ年くらいか年上ばかりで、ローティーンを仲間に加えたことはない。

「シライ、マオ……か。シライ、って名前も初耳だと思うけど」

断言できないのは、夜遊び仲間たちが本名を名乗っていたとは限らないせいだ。確認する理由もなかったし、誰かが呼ぶ名前にそのまま倣《なら》っていた。

うーん……？　と難しい顔で首を捻る斗貴の隣で、鷹野は市来真魚に関するファイルを広げた。

「しかし、なんというか……恐ろしいヤツだな。ＩＱ百七十、か。こういう人間には、この世界はどんなふうに見えてるんだろうな」

拘束後、国の機関で実施したというＩＱテストについての箇所を指で辿りながら、ポツリと口にする。

鷹野のつぶやきを耳にした英は、

「うわ、そいつは怖ぇえ。天才ってヤツか」

そう言いながら、大袈裟《おおげさ》に両手を挙げた。

これだけでその反応なら、英はまだ知らない市来の経歴を話して聞かせれば……青褪《あおざ》めて絶句するに違いない。

「だいたい、おれに面倒を見させるのが間違ってるだろ。その手の人間は、鷹野のほうがうまくコミュニケーションを取れるに決まってる」

ぼやいた斗貴に、鷹野は「そうか？」と大真面目な顔で聞き返してくる。斗貴は、「絶対、そうだって！」と投げやりに答えて特大のため息をついた。

市来も、斗貴との相性が悪いことは直感で悟ったに違いない。だから、あの反抗的な態度なのだ。

「おまえ、自分を過小評価しているな。市来みたいなタイプは、計算で動くより直感寄りの真《ま》っ直《す》ぐな性格の人間と相性がいいって、ここにも書いてある」

「あー……チハルちゃんの分析ね」

顔を歪ませた斗貴が苦々しく口にした人物の名前は、正しくは佐古知晴《さこちはる》。国の機関に属する研究者だが、かつて養成所で『特別授業』を仕掛けてくれた人だ。

ウイルスや細菌等を用いた生物兵器のスペシャリストであり、SDにおける頭脳派チームの中核を担っている。

どうやら、ここに来る前の市来は佐古のもとでしばらく学習していたらしい。個人的に接したからこその、的確な性格分析が添えられている。

「橘を名指ししているわけじゃないが、まぁ……ここにいる中だと、誰が考えてもおまえが一番の適任だな」

「……くそ、鷹野まで。おれがキレて、あいつを殴り飛ばさないことを祈ってろ」

子供ではないのだから、口で敵わない相手に腕力で食ってかかるなど愚かしいと頭ではわかっているが、自分ならやりかねない。

制御役を鷹野に頼んで肩を落とすと、笑って背中を叩かれた。

「大丈夫だろ。チラリと話しただけだが、アレはなかなか強《したた》かだぞ」

「あー……まあ、チハルちゃんみたいなやつだと弱い者イジメをしてる気になりそうだけど、その点は安心かな。意外といいガタイだし」

斗貴と並んだ際の市来を思い浮かべて、小さくうなずいた。

予想したとおりに、体格は自分と互角だ。だからといって、腕っぷしが強いとは限らないけれど、鍛えがいはある。

「……強かっていうのは、外見に関してのみじゃないけどな。まぁ俺も、できる限りのサポートはする」

「ヨロシク」

縋《すが》る目で隣を見上げて、ガシッと鷹野の手を握る。

会話が一段落したと踏んだのか、途中で厨房に引っ込んでいた英が両手にマグカップを持って戻ってきた。

「じゃ、これでも飲んで一息つけ。ブランデー入りのホットチョコレート」

「あ、すげー嬉しい。いただきまーす」

マグカップを摑んだ斗貴は嬉々《きき》として口をつけて、ここでは滅多にありつけないアルコールの風味を堪能した。

……自分を見る市来の白けた顔を思い出すだけで、先が思いやられる。

□　□　□

「おい、市来！　二周遅れだぞ」

「………」

グラウンドを走っている市来は、周回遅れを指摘した斗貴の前をジロッと睨みながら走り抜ける。汗が目に入らないように、額に巻きつけてある赤いバンダナの端がヒラリとなびいた。

またウォームアップ段階なのだが、やはり体力的に他の訓練生たちと同等にはできないようだ。

「他のやつらは、整列。クラス長、二人一組で柔軟させろ。この後は、黒クラスや青クラスと合同で下の海まで往復だからな。詳しくは、鷹野教官が説明してくれるから。あっ、アイツらに負けんなよ」

最後の一言には、笑いながら「へーい」とか「トッキーってば、負けず嫌いだよな」とふざけた調子で返してくる。

ジロリと睥睨《へいげい》すると、さすがにピタリと口を噤《つぐ》んだ。

斗貴は、

「舐めてると痛い目に遭うぞ」

と釘《くぎ》を刺しておいて、未《いま》だに独りで走っている市来に駆け寄る。

市来は、隣に並んだ斗貴をチラリと横目で見遣っただけで黙々と走り続けた。息が上がっているのに、表情は淡々としたままだ。

わかりやすく苦しそうな顔をしていたら優しい声をかけてやらなくもないのだが、可愛げがない。

「……なんっ、で、ついて来るんです」

しかも、ゼイゼイと忙《せわ》しない呼吸の合間に、隣の斗貴を見ることもなく不満そうに口にする。

「なんでって、おまえが途中でバッタリ倒れたらすぐに拾えるように伴走してやってんだよ。管理官から、くれぐれもヨロシクって言いつかってるからな」

斗貴は軽く流しているけれど、市来はフラフラだ。今にもグラウンドに倒れ込みそうだな……と、重そうな足元を見遣った。

「はっ、そんなに、俺の、脳みそが……大事、ですかっ」

「可愛くねーなっ。心配してくれてるって、素直に思えないのかよ。そりゃ、おまえの脳みそは大事だけどさ。それだけじゃねーぞ」

「ご立派、な……義務感、だ。さすが、お国の犬」

息も絶え絶えといった感じのくせに、捻り出す言葉は憎たらしい。

斗貴は、殴りつけたいのをギリギリのところで堪えて口を噤んだ。

市来がこの島に来てから一週間になるが、なにかにつけ、こうして斗貴に突っかかってくる。

本人も隠す気がないのか、他の教官がいる場でも斗貴に反抗的なので、今では職員全員が『市来を扱い兼ねる斗貴』の構図を知っているのだ。

大人げなく舌打ちをしてため息をつく斗貴に、

「おまえ、市来に嫌われてねーか」

そう言って、あからさまに面白がる始末だ。

アイツら全員、性格が悪い。しかも、オッサンのくせに大人げない。

毎晩のように夜の食堂で愚痴を零す斗貴につき合ってくれる鷹野と英は、苦笑を浮かべて聞き役に徹している。

曰《いわ》く、「子供のケンカみたいで微笑《ほほえ》ましい」ということだが、反抗される当事者の斗貴にしてみればどこが微笑ましいのか疑問だ。

万人に好かれようなどと、傲慢なことを考えているわけではない。でも、理由もなく嫌われるのはいい気分ではない。

「海までの往復に参加するか？　おまえだけ道場での組手に変更して、山歩きを免除してやろうと思ってたけど。藪《やぶ》を突っ切るアレは、すごいぞ。錆《さ》びた鎖を摑んで岩を上り下りしたり、蛭《ひる》や蛇のいる沢に足を突っ込んだり。……今も猪《いのしし》が出るのかなぁ。おれらの時は、猪に襲われたヤツがいたからな」

空とぼけた口調でそう言った斗貴を、市来は無言で睨みつけてくる。理知的な顔に浮かぶ嫌そうな空気に、クッと肩を震わせた。

割と、わかりやすいところもある。

「道場での、組手……って」

「おまえは嫌かもしれないけど、相手はおれ。心配しなくても、おまえに高度なことは要求しねーよ。合気道をベースに、素手での護身術と……手近にモノがある時の、応用ってところかな」

走るというより、早歩き状態のランニングを終えて立ち止まった斗貴は、膝に手をついてゼイゼイと肩を上下させている市来を見下ろす。

なんだかんだと文句を言いながらも、言い付けたグラウンド十周をやり遂げたあたりは褒《ほ》めてやろう。

「あんたと、二人……かよっ」

「ああ？　そうだけど」

「……チッ」

顔を上げることなく、グラウンドに向かって舌打ちしたのが聞こえてきたぞ。

やっぱり可愛くねぇ！　と頬を歪ませた斗貴は、ついに我慢できなくなって右手で作った拳を市来の後頭部に振り下ろした。

「いてぇ！　殴るなよ、野蛮人」

目を瞠った市来が、パッと勢いよく顔を上げて睨みながら苦情をぶつけてくる。自分でも言っていた『大事な脳みそ』が入っている頭を殴られるなどと、予想もしていなかったという顔だ。

バッチリと視線が絡み、斗貴は思わずニヤリと笑みを浮かべた。

こうして真正面から目を合わせることになったのは、船着き場で顔を合わせた時以来かもしれない。

市来は事あるごとに斗貴を睨みつけてきたけれど、視線がぶつかりそうになったらギリギリで顔を背けて目が合うのを避けていたのだ。

「大事な脳みそだから、殴られるわけないと思ってたか？　一応おれも、これまで遠慮していたけどな……おれの精神的負担がでかいから、耐えるのはやめだ。特別扱いもしねーぞ。護身術を覚えるのは、おまえのためでもあるんだ」

腕を組み、仁王立《におうだ》ちして市来を見下ろす。

我慢を手放す宣言など、偉そうに言えることではないかもしれない。でも、『面倒』を斗貴に押しつけた他の教官には文句を言わせない。コイツに対する遠慮もやめて、思うように接してやる。

「……んなとこだけ、……ってねぇ」

斗貴から顔を背けてボソッとつぶやいた市来に、眉間に皺を刻む。

風に流された声は、断片的に耳に届いたが……ハッキリとは聞き取れなかった。

「あん？　なんて言った？　文句があるなら、聞こえるように言いやがれ。ひ弱なビビリだってバカにされたくないならな」

「直情的な筋肉バカ、って言ったんだよ！」

吐き捨てるように返してきた市来は、額に巻きつけてあった赤いバンダナを無造作に外した。

斗貴は、こちらに背中を向けた市来のTシャツを睨み、大人げない言い方で反論する。

「ムカつくなっ。おれは、教官様だ。おまえの上官だぞ」

「鷹野教官とか……敬える相手なら、それなりの態度を取る。あんたは、上官って感じじゃない」

淡々と口にした市来は、「道場って、あれだよな」と言い残してグラウンドの隅にある建物へ一人で歩き始める。斗貴を振り返りもしない。

黒いTシャツの背中を憎々しく睨みつけながら、先ほど市来が濁した……誤魔化したとしか思えない言葉を思い出すべく、首を傾げた。

なんだったか？

……そんなとこだけ、変わってねぇ？

「逢ったこと……ねーよなぁ？」

疑問符がついてしまったのは、自分の記憶に自信がなくなってきたせいだ。

頼りないつぶやきは、強く吹きつけたぬるい風に掻き消された。


畳に手足を投げ出して伸びている市来の脇に立った斗貴は、腰に両手を当てて見下ろす。

意外や意外、そこそこ手合わせしがいのある生徒だった。

「正式な武道は習ってねーよな？　でも、ある程度の場数を踏んでるか？」

見るからに武闘派という雰囲気ではないし、事前に目にした経歴が頭脳犯そのものだったので、腕っぷしには全く期待していなかった。けれど、それなりに様《さま》になっていたように思う。

市来は頭を上げる余力もないのか、大きく胸を上下させながら斗貴を鋭い目で見上げてきた。

グッタリとしているくせに、睨みつけようという気概は立派だ。なかなか、いい根性をしている。

「自分の身は、自分で護る。それだけ、だ。他人なんか、信用できない」

「ふーん……ま、そりゃそうだ。他人なんか信用したら、背後からグッサリ刺されるかもしれないもんな」

笑って口にする言葉ではないかもしれないが、事実だ。……と、市来と同じ年頃の斗貴も思っていた。

けれど、今は少し違う。

ここで本当の意味での仲間を得られた。交わした視線のみで、互いの考えが読めるほど心を通わせることのできる相手もいる。

あの頃の斗貴は、想像もしていなかったことばかりだ。

「だから、無機質なパソコンだけがオトモダチなのか？」

金庫破りなどは計画だけ立てて、実行犯は別にいるらしい……と聞かされた言葉を思い出した。

市来自身は、共に行動する相手がいなかったということか。

「……わかったふうに言うな」

フンと鼻を鳴らした市来は、身体を捻って背中を向けた。

まだ動けるのか。手加減しすぎたのかもしれない。

「確かにおまえのことは、なにも知らねぇな。名前と歳《とし》と、表沙汰になってる非行歴くらいか」

「俺のこと、調べてないのか？」

「あー？　そりゃ、管理官とかは詳しく知ってるかもしれないけど……おれは、おまえに最低限の護身術を叩き込めって言われただけだからな。興味本位でバックボーンを嗅ぎ回るほど、ゴシップ好きじゃねぇ」

市来の背中を足先でつつきながら、「おまえが言いたいってならともかく、無理に聞き出す気もねーよ」と続ける。

斗貴自身もだが、ＳＤという職業を選ぶ人間は『ワケアリ』が多い。自分から語られない限り、個人について詮索しないのが暗黙の了解でもある。

「俺に、興味がないって？」

市来は、背中をくすぐる斗貴の足を振り向くことなく嫌そうに払いながら、ポツリとつぶやいた。

斗貴からは顔が見えないので、その発言の真意を読むのは困難だ。

ただ、その声にはなんとなく面白くなさそうな響きが滲んでいて……密かな笑みを浮かべる。

「へ？　なんだ、興味を持ってほしかったのか。そりゃ、気づかなくて悪かったな。真魚……って、空海《くうかい》の幼名だったか。畏《おそ》れ多い名前だよなぁ」

頭に浮かんだことを、そのまま口に出す。軽口は無視されるとばかり思っていたが、意外なことに言い返してきた。

「天然記念物のトキに言われたくねーよ。……偶然だろ。俺のお袋は、そんな頭のいいオンナじゃなかった。空海がなにかも知らなかっただろうし」

母親について……過去形、か。

ポツポツと語る市来の言葉の端から、些細《ささい》な情報を拾う。

言い返してきたのは気まぐれだったのか、市来はそれきり言葉を続けることなく、沈黙が広がった。

「まだ昼過ぎか」

道場の壁にかかっている時計に視線を向けて、ふっと息をつく。

山中の、道なき道を突っ切って海まで往復している訓練生たちが戻ってくるには、まだ数時間はかかる。

口では強がっているが、市来にこれ以上の肉体鍛錬は無理だと踏んだ。

「そういやおまえ、ＰＣルームの鍵を持ってるんだよな？」

どうやって夕食まで時間を潰すか、悩んだ結果が『ＰＣルーム』だ。

「……好きにしろって、許可は得ている」

「わかってるよ。私的なメールのチェックをしたいから、おれもPCルームに行く。動けるか?」

「って、今からぁ?」

嫌そうな声を上げた市来に、「もちろん」と答える。

「動けないくらいクタクタなら、今じゃなくてもいいケド」

わざとらしいかもしれないけれど、そうして自尊心をくすぐってやる。

沈黙は、数秒。失敗したかな……と苦笑しかけたところで、市来がのろのろと身体を起こした。

「これくらいで音を上げたとか思うなよ。あんたの勝ち、じゃねー……からな」

「……立派な根性だ」

苦手意識が先立っていたせいで、コイツの本質を見極める目が曇っていたのかもしれない。

割と、素直だぞ。しかも、頑固というか負けず嫌い。

自分も同じように藤村に食ってかかっていたせいか、こういう気質の人間には親近感が湧く。

「じゃ、行くか」

短く口にして回れ右をすると、市来に背中を向ける。そうして、緩んでいる頬を見られないように隠したことは悟られていないはずだ。

ニヤニヤしていることが知られたら、せっかく少しだけ近づいた距離がまた広がってしまう。

市来は、渋々ながら斗貴の後をついて来ているらしい。畳を擦る足音を聞きながら、道場の戸口へ歩を進めた。

《五》

昔も今も、机に向かってペンを手にするのは一番苦手だ。

書類作成より、現場で命の危険にさらされるほうがいいと言えば、変人扱いされると思うが。

ようやく本日の業務日誌を書き終えた斗貴は、キャップを閉めたペンを転がして両手を頭上に伸ばした。

んー……と背中を反らしたら、ポキポキといい音が聞こえてくる。

「よし、終わりっ」

弾みをつけて、イスから立ち上がる。

これからの数時間は、束の間《つかのま》の自由時間だ。とは言っても、自室でテレビを見たりゲームをしたり、気の合う同僚とコッソリ持ち込んだ酒で軽く晩酌を楽しんだりと、ささやかな娯楽に興じる程度なのだが……。

教官室に残っている他の教官たちに、

「お疲れでっす。失礼しまーす」

と声をかけながら足早に廊下へ出ようとしたら、出入り口のすぐ傍《そば》にデスクがある鷹野が呼びかけてきた。

「橘、今日は後で食堂に行くだろう？　英さんが、新メニュー候補の杏仁豆腐《あんにんどうふ》の試食をしてくれって言ってたぞ」

「あー……メチャクチャ魅力的なお誘いだけど、おれはＰＣルームだ。食堂に行けるかどうか、わからん」

正直なところ、英の杏仁豆腐には心惹《ひ》かれる。けれど、既にＰＣルームにいるであろう市来の姿が頭を過って首を横に振った。

「ＰＣルームってことは、市来か？」

この数日、斗貴が夜のＰＣルームで市来と逢っていることを知っているせいか、市来の名前を聞いた鷹野は微笑を浮かべている。

「そう。待ち合わせをしているワケじゃないけど、あいつはパソコンを弄ってるはずだ。あと……ちょっと、気になることもあるしさ」

答えた斗貴に、鷹野は笑みを深くして言葉を続けた。

「ずいぶんと打ち解けたんだな。他の教官も、市来が橘に懐いたみたいでなにより、って笑ってたぞ」

他の教官、という一言にさり気なく教官室を見回した。

声を潜めているわけではないので、鷹野と斗貴の会話は周囲に聞こえているはずだ。斗貴と目が合う前に、そ知らぬ顔で目を逸《そ》らしたのが……三人、四人。

「……賭けてやがったな」

ここの連中は、斗貴が市来を手懐けることができるかどうか……賭けの対象にしていたに違いない。

確信を持ってボソッとつぶやいた斗貴から、鷹野までさり気なく目を逸らしたことからも間違いない。

「俺は加担していないからな」

ポツリと口にした鷹野を見下ろして、ふっと息をついた。

その程度のおふざけは許してやろう。ここにいると極端に娯楽が少ないのだから、気持ちはわからなくはない。

「おまえが賭けに不参加だったことは、言われなくてもわかってるよ。ま、いいや。……あいつ、結構おもしろいぞ。昨日は、銀行の金庫からゴッソリ金塊を持ち出した時の手口を聞いたんだけど、細かいかと思ってたら意外と大胆でさ」

秒単位で、綿密に計画を練るタイプかと思っていた。それが、なかなかに行き当たりばったり……いや、臨機応変な行動計画で、神経質だと決めつけていた市来に対する評価が少し変わった。

そう語った斗貴に、鷹野は意外そうな顔をする。

「へぇ……やっぱり、おまえは特別なんだな。俺には、そういう話をしないぞ。もちろん、他の教官にもな」

「特別……かなぁ？　本人も言ってたけど、教官って認識されてないだけな気もするぞ」

斗貴を教官扱いしてくれないのは、市来に限ったことではない。だから、自分が特別かどうかなど、深く考えもしなかった。

首を捻る斗貴に、鷹野は「鈍い」と嘆息する。

「どう見ても、特別だ。やっぱり、過去になにかあるんだろう？」

「それが、全っ然心当たりがないんだってば。市来に聞いても、『さぁね』とかって誤魔化されて終わりだ」

お手上げ、と両手を胸元まで上げる。

いまいち納得していない顔だったけれど、小さくうなずいた鷹野は、机に広げていた日誌をトンと指先で叩いた。

「コイツを書き上げたら、俺もＰＣルームに行くかな。おまえと市来のやり取りがどんなものなのか、興味深い」

「了解。じゃ、おれは先に行ってる」

鷹野に右手を振って廊下に出ると、早足でＰＣルームのある棟に向かう。

あいつが、好奇心を持って他人のあいだに首を突っ込もうとするなんて珍しいなぁ……と、少しだけ不思議に思いながら階段を駆け上がった。

「悪ぃ、遅くなった市来。待ったか？」

勢いよくＰＣルームのドアを開けて、声をかけた。

日誌に手間取ったのと鷹野と話していたせいで、いつもここを訪れる時間より三十分ほど遅くなっている。

「待ってない。……もともと、待ち合わせしてるわけじゃないんだ。あんたに謝られる覚えはない」

こちらに背中を向けたままの市来からは、今夜も可愛げのない答えが返ってくる。

二十台ほどのパソコンが並ぶＰＣルームの、右端……一番高スペックな一台が、市来に貸与されているものだ。

管理官から「市来の好きに使わせろ」と言われているので、斗貴たちはなにをしているのか尋ねることもない。

毎夜、なにやら熱心に弄っているけれど、それほど面白いのだろうか。斗貴は必要最低限の知識しかないし、好んでパソコンの前に座ろうとも思わないのだが。

「なにやってんの?」

「勝手に見れば」

そう言われてモニターを覗き見してみても、ズラリとコードが並ぶだけなので斗貴には理解不能だ。

市来の隣のイスを引いて腰を下ろし、唇を尖《とが》らせる。

「見てもわかんねーから、聞いてるんだろ」

「……プログラムを組んでるだけですが。詳しい説明を聞きたいなら、話してやってもいいけど」

「いーよ。どうせ、聞いても凡人のおれにはわかんねーし」

時間の無駄だとまでは言わないが、説明されたところで理解できる自信はない。

初めから諦めている斗貴をバカにするでもなく、市来はパソコンのモニターを見詰めている。

無表情だと、ますます理知的な雰囲気が漂う。客観的に見て、文句なしの知的な美形だ。

その横顔に視線を当てた斗貴は、ふと思い浮かんだ疑問を口にした。

「おまえさ、他の訓練生とうまくやってんのか？　寮の部屋、は……そっか、おまえは個室だ」

一期生は皆、四人部屋に押し込められている。ただ、市来は特例として二期目の訓練生が使用する個室を与えられているはずだ。

それでも食堂では他の訓練生と一緒になるし、学科講習や基礎的な体力をつけるための訓練には参加しているが、他の訓練生と雑談を交わす場面を目にしたことがない。

「うまくやる必要なんか、ないでしょう。どうせ俺は、短期間しかここにいないし。今もこれからも、あの人らとつるんで行動することもない」

それは、確かにそうだ。

市来はある程度の護身術を身につけるのが目的なので、ここには三か月そこそこしか滞在しない。

市来と、他の訓練生たちを並べて思い浮かべても……互いに、相容《あいい》れないだろうという想像もつく。仮に斗貴が彼らと同年代で訓練生の立場だったとしても、この手の人間とは仲良くする自信がない。

しかし、つくづく……。

「協調性がない」

「お、おれは言ってない……よな？」

考えただけで、口には出していないはずだ。それなのに、絶妙なタイミングで市来がボソッとつぶやいて驚いた。

「おまえ、エスパー？」

恐る恐る尋ねた斗貴を、パソコンモニターから視線を逸らした市来は横目で見遣った。

その顔は、あからさまに斗貴をバカにしている。

「そんなわけあるか。あんたは、顔に全部出てる。ＳＤって、重要な国家機密に関わる任務に就いたりもするんだろ。そんな単純でやってられるのか？」

「う……余計なお世話だ。生意気だなっ。それなりにやってるよ！」

即答できなかったのは、ポーカーフェイスが下手《へた》だと藤村からも散々指摘されているからだ。

感情を表に出すのはＳＤとして褒められたことではない。

「なんでもいいけど、仲良しこよしってお手てを握る必要はないんだから、オトモダチがいなくても問題はない。だろ？」

淡々と口にした市来は、再びパソコンモニターに視線を戻してキーボードに指を走らせた。

「そりゃ、問題はないけどさ……」

無表情の横顔を睨みながらカタカタと規則正しいタイピングの音を聞いていると、ムクリとイタズラ心が湧いた。

いつも取り澄ました顔をしているコイツを動揺させてやりたい、と。そんな誘惑に駆られる。

大人げないことは、重々承知だ。

「あー……あれだ。個室だったら、気兼ねなく個人プレイに取り組めてラッキーだよな」

「はぁ？　意味がわからないんだけど」

斗貴の唐突な言葉を無視するでもなく、律儀に返してくる。これも、鷹野に語った『意外な面』の一つだ。

市来は可愛げがない屁理屈《へりくつ》を口にしたりするけれど、斗貴を完全に無視するでもなく、なにかしら言い返してくる。

「すっとぼけなくても、青少年のジジョーってヤツはおれもわからなくはないからさ」

「だから、意味が……」

ジロッと横目でこちらを見た市来に、斗貴は唇の端にかすかな笑みを浮かべる。右手を軽く握り、市来の目の前で上下させて下品な動きをして見せると……そこでようやく、意味を解したのだろう。

グググッと眉根を寄せて、恐ろしく嫌そうな顔をした。

「サイアクだな」

「なんで？　生理現象じゃんか。四人部屋のやつらは悲惨だぞ。夜中に便所で鉢合わせした時の気まずさがなぁ。……ま、同じ事情を抱えた同士で、テキトーに発散するって手もあるけど」

思惑どおりに市来からイイ反応を引き出せたことに気をよくして、ケケケッと笑い声を上げた。

市来は眉間の皺をますます深くして、斗貴に身体を向ける。

「なんだよ、同士でテキトーに発散って」

「おや、意外なところに食いつくな。やっぱ、おまえもオスってことか。だから、体育会系のノリだよ。簡単に言えば、抜き合い」

「………」

端的に口にした斗貴に、市来は無言で険しさを増した顔をする。

眉間の皺は『理解不能』と語っていた。

「体育会系のノリなんかは、おまえにはわかんないか。まぁ、そういう手もあるってことだ。どうせ、ここにいるあいだだけって割り切ってるし。カワイイのを無理やり連れ込んで……って考えナシなことをしでかしたら、容赦なくお仕置きだけどな。たまーに、そういう短絡的なバカがいるみたいだからおまえも気をつけろよ。キレーな顔をしてるし、ここでは異質な存在だ」

最後のほうは、からかうつもりではなく……本音の忠告だった。

今のところ無事のようだが、この小奇麗な顔を見ていたら血迷うバカがいないとは言い切れない。

容貌《ようぼう》だけでなく市来の線の細さは、体力自慢の大男がほとんどの訓練生の中にいれば、嫌でも目を引く。

「不気味なこと言うなよ」

「いやいや、マジで。ケモノみたいな大男に手籠めにされたくないなら、真面目に護身術を会得しろよ」

笑いながら市来の背中を叩いてやると、その手首をギュッと握られた。

「簡単に組み伏せられてやらないから、心配無用。万が一、血迷うバカがいたら……返り討ちにしてやる」

「ふーん？　それならいいけど」

組み合っている時も感じたことだが、そこそこ力が強い。

手のサイズも大きいし、武術の覚えも悪くないので、パソコンに向き合うだけではもったいない。

「そういう、あんたは？」

「……は？」

斗貴に顔を向けて真顔で口を開いた市来に、目をしばたたかせる。

距離は三、四十センチほどだ。ジッと斗貴を見ている市来の目には……なんとなく、既視感がある。

なにかを思い出しそうで、でも記憶の隅ギリギリのところで引っかかっていて……気持ち悪い。

そうして記憶の底を探っていると、市来が言葉を続けた。

「あんたも、カワイイのに手ぇ出してんじゃないのか」

なにを考えているのか読めない、無表情だ。

市来の言葉を頭の中で復唱した斗貴は、意味を悟ると同時に摑まれている右手はそのままにして、左手で市来の頭を叩いた。

「アホか！　立場的に訓練生に手ぇ出せるわけがないだろっ」

……訓練生だった斗貴に、手を出したヤツもいるが。

一瞬思い浮かんだ藤村の顔を打ち消して、今度は市来の足元を蹴る。

「そうなのか？　教官サマの言うことを聞けって脅してテキトーに手ぇつけて、好きなようにしてるんじゃないのか」

「ちょっと待て。おれ、そんなふうに職権濫用しそうに見えるか？　ああっ、だからおまえ、おれに対して反抗的だったんじゃないだろうな。セクハラを警戒されてたのなら……ショッキング……」

ポツリとつぶやいて、肩を落とした。

市来に変に警戒されているのでは……と、そんな可能性は考えたこともなかった。予想外の衝撃だ。

「別に、そんなわけじゃ……。もしあんたに迫られたら、拒絶できないだろうなって思っただけで」

斗貴の右手首を摑んだままの市来の指に、キュッと力が込められる。

少し焦ったような早口での言葉に、あれ？　とうつむけていた顔を上げた。真正面から市来と視線を絡ませると、気まずそうに顔を背ける。

「おれって、そんないい男？」

少しだけ凹《へこ》んでいた気分が浮上して、ふざけた口調で聞き返した。顔を背けていた市来は、ジロッと横目で睨んでくる。

「都合よく解釈するな。オメデタイ脳みそだな。権力に逆らえないって意味だよ。……お調子者なところは、まんまだよな」

斗貴は市来の真意がわかっていて『自分が男前だから簡単に誘惑できる』という意味に受け取ったように装ったのだが、割と素直に乗ってくる。

しかし、最後の『まんま』とは、以前から斗貴を知っているかのようだ。

「……あのさ、やっぱおれ、前におまえとどっかで逢ったことがあるのか？　任務中……とか？」

「さぁ。バカじゃないのなら、一度でも逢っていたら思い出すだろ」

「か、可愛くねぇっっ」

つまり、思い出せない斗貴は『バカ』だと。

自分でも、モヤモヤしているものを抱えているだけにグサリと胸に刺さる。実は本気でバカなのだろうかと、悩ましい。

「くそっ」

チッと舌打ちをした斗貴は、市来に摑まれていた右手を振り払って両手を伸ばした。

市来の頭を摑み、背けられないようにして……顔を寄せる。

「な……なんだよっ」

「動くな！」

短く制すると、二十センチほどの距離まで顔を寄せた。

斗貴の行動は予想外のものなのか、わずかに目を瞠って硬直している市来と視線を絡ませると、至近距離でジッと顔を凝視する。

黒目がちの切れ長の目には、理知的な光が滲んでいて……まばたきをすると、長い睫毛《まつげ》が震える。

目鼻立ちがハッキリしている所謂『今風のイケメン』にカテゴライズされる顔ではなく、和装が似合いそうな古風な顔立ちだ。なんとなく庇護欲《ひごよく》をそそる空気を漂わせているし、もし女だったら大和撫子《やまとなでしこ》という風情か。

「この面《つら》に、なんとなーく……見覚えが、あるような気が……するような、しないような。うーん？」

必死で頭を回転させていた斗貴だったが、戸口からノックの音が聞こえてきたことで市来から目を逸らした。

「おー？　入ってるぞ」

斗貴が応えた直後、勢いよくドアが開かれる。

呆れたような声で、

「入っているのは知っている」

と言いながら足を踏み入れてきたのは、鷹野だった。そういえば、後でＰＣルームに行く……と予告されていた。

室内に数歩入ったところで、ピタリと動きを止める。その目は、至近距離で向き合っている斗貴と市来に注がれていた。

「……鷹野教官、橘教官のセクハラを止めてください」

「ばっ、バカヤロ、人聞きが悪い言い方をするんじゃねーよっ！」

パッと手を離した斗貴は、市来の髪をグシャグシャに掻き乱して距離を取った。まさか、妙な誤解をしていないだろうな……と鷹野に目を向ける。

「焦ったら、ますますあらぬ誤解を招くぞ」

「おまえまで、そんな言い方するな。市来、悪かったな」

投げやりに謝罪を口にした斗貴に、市来は「心からの謝罪とは思えないけど」と小さく言い返してくる。

可愛げのない言葉は聞こえなかったふりをして、座っていたイスから立った。

「鷹野、ここ座れ。おれは反省を示すために、立ってる」

市来の隣に鷹野を座らせて、自分はその背後に立つことにする。

無言でうなずいた鷹野は、大股《おおまた》で歩を進めてきて先ほどまで斗貴が座っていたイスに腰を下ろした。

「なにをしてたんだ?」

鷹野が市来の前にあるパソコンのモニターを覗くと、ちょうどスクリーンセーバーに切り替わったところだった。

市来は斗貴が乱した髪を指先で整えながら、淡々と答える。

「……特に、なにということは……ただの自習です。なにもしないでいたら、脳が錆びつきそうですから。管理官から、ここのパソコンを好きに使ってもいいという許可は得ていますので、問題はないですよね?」

「ああ。問題はないな。好きにすればいい」

背後から二人の頭を見下ろしている斗貴は、市来の肩にポンと手を置いてギリギリと力を込める。

チラリと斗貴を見上げた市来の目には、非難の色が浮かんでいた。

「やっぱりおまえ、鷹野には素直だよなぁ」

露骨な差を目の前で見せつけられたことに、ムカムカする。

大人げないと、笑いたければ笑え。

「相手によっては、それなりに敬意を払います」

市来は少しも痛そうな素振りを見せず、無表情で返してきながら肩にある斗貴の手を振り払った。

くそ、やっぱり可愛くない。

「で、なんの話をしていたんだ？」

なにがどうなって、接近戦にもつれ込んでいたのか疑問だったのだろう。首を捻った鷹野は、斗貴を見上げて尋ねてくる。

「あー……なんだっけ」

そもそものきっかけは、なんだ？

どこから話すべきか視線を泳がせながら考えていると、市来が短く口にした。

「ＳＤって、既婚者はいないんですか？　国家機密に関することも多いなら、普通に恋人を作ったり家庭を持ったり……って難しそうなんですが」

そうだ。欲求不満にならないのか……というトコロから始まったのだった。斗貴のように下品な話の持って行き方をすることなく、無難に要約している。

十八やそこらで……コレか。

市来がどんな環境で育ったのか詳しくはわからなくても、保護者に庇護されてのん気に日々を送っていたとは考えがたい。資料に記されていた『身内ナシ』の一文が思い浮かび、奥歯を噛んだ。

いくつの頃から『独り』なのかは知らないが、結構な修羅場を潜り抜けてきたに違いない。だからといって、犯罪行為に手を染めてもいい理由とはならないが……。

「そうでもない。一般的な国家公務員より守秘義務が少しばかり多いだけで、普通に家庭を持っているSDも少なくない。まぁ……深い理由を告げずに『仕事だ』ってだけで、長い時は二か月とか家を空ける。そのあいだ、連絡を取ることもできないってこともあるから、離婚率も高いけどな。必然的に、同じような国の機関に勤める相手と関係を築くことが多くなるか」

理路整然とした鷹野の説明に、市来は「なるほど」と素直にうなずいている。

これが斗貴相手なら、重箱の隅をつつくように言葉のあらを探して突っ込んでくると思うけれど、やはり鷹野には従順だ。

「パスポートとかも、特殊なんですよね？　一般国民と同じものだと、不自然だ」

「パスポートというか、任務の際に携行するのは特殊手帳だな。装備も含めて、SDの持ち物は管理センターで一括して厳重に保管されている。任を解かれて管理センターを出たら、普段の生活は一般国民と変わらない」

「管理センター……か。組織の中枢は、管理センターなんですね」

わかりやすい鷹野の説明に納得したようにうなずいた市来は、ふっと息をついた。

マウスに手を置いたかと思えば素早くパソコンの電源を落とし、座っていたイスから立ち上がる。

「部屋に戻って休みます。ここの施錠をお願いします」

「ああ……オヤスミ」

答えた斗貴の脇を抜けて、廊下に出て行った。

鷹野と二人でPCルームに残された斗貴は、つい先ほどまで市来が操作していたパソコンを立ち上げる。

「橘？」

不思議そうに名前を呼びかけてきた鷹野に、「ちょっと待て」とだけ答えて、モニターを眺めた。

「……予想はしてたけど、キッチリとロックをかけてやがる。捻くれ者め。少しばかり、興味があったんだけどなぁ」

パスワードを求めるウインドウに、眉を顰めた。

適当に英数字を打ち込んでも、解けるわけがない。お手上げだ。

「そういえば橘、気になることってなんだったんだ？　市来とあんなふうに顔を突き合わせて、解決することだったのか？」

「あー……それも、未解決」

市来の行動の覗き見を諦めて、パソコンの電源を落とした斗貴は、左側に身体を捻って鷹野と視線を絡ませる。

「つーか……おまえ、マジで変な誤解してないだろうな」

きちんと確かめたことはないけれど、訓練生として島に来てすぐの頃、斗貴が適当に気の合った相手と溜まる一方だった『ストレスその他』を発散していたことを、鷹野は知っているはずだ。

それだけでなく、藤村と……大きな声では言えないカンケイだということまで、知られている。

鷹野の中で、斗貴は下半身に節操がないと認識されていてもおかしくはない。

そんな懸念を、鷹野は一笑した。

「まさか。橘は、自分で言うより一途だとわかってる」

「待て待てっ。一途とかって、不気味な言い回しをするんじゃねぇ！　別におれは、あの態男に遠慮してるとか操《みさお》を立ててるってわけじゃなくてだなっ」

「俺は、藤村教官に対してだとは言っていないが。ふむ、操を立てる……か。なかなか、風情のある言い回しだな」

「ぐ……ぅ、もういい！」

静かに語る鷹野に、斗貴をからかおうという意図はない。これも、ある意味『天然ボケ』だと思う。

語るに落ちるというか、これ以上は墓穴を掘るだけだ。反論できなくなった斗貴は、唇を引き結んで勢いよく立ち上がった。

「おれも、シャワー浴びてもう寝よ。おまえ、ここの鍵持ってる？」

「ああ」

高額なパソコンを備えているわりに、この部屋の鍵はレトロな南京錠《なんきんじょう》だ。島の外部から窃盗目的で侵入する賊など皆無なので、これで十分なのだろう。

鍵束を手にした鷹野と、連れ立って廊下に出る。廊下の隅で、鷹野が施錠している様子をぼうっと目にしながら唇を嚙んだ。

あの男の顔を思い浮かべたら、ムカムカしてきた。

今日も、先日送ったメールに返信はなかった。任務によっては、メールチェックなどできないことは頭ではわかっているが、自分ばかり気にかけているみたいだ。

事実、きっと藤村は、斗貴のことなど思い出しもせず任務に当たっている。ロクな説明もなくバディを外されることに対する不満や文句を、結果的にセックスで誤魔化される形になり……結局、そのままなのだ。翌朝、疲れて寝過ごした斗貴はこの島への船に乗り遅れそうになってしまい、慌ただしくマンションの部屋を出てきたので、藤村とろくに会話を交わしてもいない。

どうして別行動なのだ、と自分が外される理由を尋ねたら『死ぬほど下らん理由だから、アホらしくて説明するまでもない』、などと返してきたが、そんなもので納得できるわけがない。執念深いと言われるかもしれないが、未だにモヤモヤが胸に残っている。

「は……ぁ」

足元に向かって大きく息を吐き、右手で自分の髪を掻き乱した。

このままでは寝られそうにないので、コッソリ持ち込んだウイスキーを開けよう。

藤村と別行動になって、半月と少しか。

よく考えたら、バディを組むようになって二年余り……これほど長い期間あの男と離れたのは、初めてだ。

「橘？　部屋に忘れ物でもあるのか？」

廊下の隅に突っ立ったままぼんやりとしていたせいか、歩きかけた鷹野が振り向いて声をかけてくる。

「な……なんでもないっ。別に、淋しいとか思ってないからな！」

斗貴はそれに首を振りながら、早口で言い返した。

なんのことだか、わからない……という顔の鷹野に「マジでなんでもないから」と誤魔化し笑いを浮かべて、踵《きびす》を返した。

《六》

「……ここにいらっしゃる方は、大半がご存じだと思いますが、一応自己紹介を……藤村陣《ふじむらじん》です。少し前までこちらで教官をしていましたが、現在は現場で任務に当たっています。今回ここに滞在する名目は監査ですが、実情は人員不足の穴埋めのための赴任ですから、お気遣いなく。橘《たちばな》……教官と同じく、短期間ではありますがよろしくお願いします」

教官室の中央に立った男が軽く頭を下げると、室内のあちこちから「おー、久し振りだな」とか、「達者なようでなにより」という声がかけられる。

教官だけでなく、その他の職員の入れ替わりもここ数年ほとんどない。藤村にとっても、教官たちを紹介される必要もないくらい見知った顔ばかりのはずだ。

斗貴《とき》にとっては、見知ったどころではなく馴染《なじ》みまくっている、憎たらしい顔だが。

「ふん」

頃合いを見てイスに座り直した斗貴は、握り締めたボールペンがポキッと音を立てて折れるのに、忌々《いまいま》しく舌打ちをした。

「チッ、根性なしめ」

手加減なしに握った自分を棚に上げて、ボールペンに責任転嫁する。

使用不能になったボールペンをデスクの脇にあるゴミ箱に投げ入れると、今日一日のタイムテーブルが記されている時間割を広げた。

どうして、あの男がここにいやがる。それも、シラッとした顔でそつのない挨拶《あいさつ》をしやがって。

だいたい、どうしてここに来るのに、ノーネクタイとはいえきちっとしたシャツにジャケットなんか着てやがる。

紙上を目で追っても、内容がロクに頭に入ってこない。認めるのは癪《しゃく》だが、同じ部屋にいる藤村が斗貴の頭の大部分を占めている。

意識の外に追い出してやりたいのに、存在を無視することができない。無意識に五感を総動員させて、気配を追ってしまう。

主任である古参の教官と、ポツポツ会話を交わしている低い声が少しずつ近づいてきて、斗貴のデスクの脇で止まっ……た？

すぐそこに藤村がいることはわかっているけれど、意地になって頑《かたく》なに顔を上げずにいると、主任に名前を呼ばれた。

「橘、教官。藤村教官はここにいるあいだ、おまえの補佐についてもらうからな。仲良くしろよ」

「はぁぁ？　なんで、おれがソレと……っつーか、仲良くって小学生かよっ」

名指しされたことと、その内容。

どちらも無視できるものではなくて、意地を投げ捨てた斗貴は勢いよく顔を上げた。

「上官命令だ。いいか、訓練生の前で大人《おとな》げなく突っかかるなよ。一応、今はおまえも教官って肩書きなんだからな」

「一応って、失礼ですね」

「ハイハイ、悪かったよ橘教官。藤村教官とミーティングをして、あいつらを躾《しつ》け直してもらえ。次の定期テストが近いんだ。おまえが担当したせいで、ゴッソリ脱落者が出たって言われたくないだろ」

「う……わかりましたっ！」

反論できなくなった、斗貴の負けだ。

間に合わせの臨時教官とはいえ、担当するクラスからの脱落者は一人でも少ないほうがいいに決まっている。

投げやり気味な返事だったが、主任は鷹揚《おうよう》にうなずく。そして、「頼んだぞ」と斗貴ではなく藤村に言い残して背を向けた。

隣のデスクからイスを引っ張ってきた藤村は、肩がぶつかりそうな距離で腰《こし》を下ろす。

「うまくやってるか、橘教官」

「…………」

からかう調子で「教官」つきで名前を呼ばれ、無言で隣を睨《にら》みつけた。

斗貴と目が合った藤村は、ニヤニヤ人の悪い笑みを浮かべている。

さり気なく視線を走らせて、目につく場所に怪我《けが》がないのを確認してホッとした……なんて、絶対に悟られるものか。

「任務は終わったのかよ」

「おー……予定より少しばかり早かったけどな。なんとか片づいた」

ボソッと尋ねた斗貴に、昨日も同じように話していたかのような口調で返してくる。半月以上、音沙汰《おとさた》なしだったのが嘘《うそ》みたいだ。

「おまえ、ヤンチャどもに手ぇ焼いてるって？　上から、サポートしてやれって言いつかったぞ」

「ッ、どうせおれは、指導者向きじゃねーよ」

斗貴が、臨時で担当している赤クラスの訓練生たちに舐《な》められているということは、管理官にまで伝わっているらしい。

監査が目的だと言っていたけれど、もしかして、自分をフォローするのが主な目的で藤村が送り込まれてきたのか？

だとしたら、ますます情けない。

グッと奥歯を噛《か》んだ斗貴は、藤村から目を逸《そ》らして時間割が記された紙の上に蛍光ペンを走らせる。

自分に与えられた仕事はそれなりにこなしているという姿勢を、ポーズではなく藤村に示したい。

「橘」

しばし無言だった藤村が、ポツリと名前を口にした。

今日のメインは、特殊防具の実践使用か。あと、午後の学科講習は専門の教官がいるので任せるとして……。

紙面に視線を落としたまま聞こえなかったふりをしていると、再び「おい、橘」と名前を呼びながら足元を蹴られる。

「……なんですか、藤村教官」

舌打ちを我慢して、顔を向けることなく無愛想に言葉を返すと、馴れ馴れしく肩をぶつけてきた。

今度は、ムッと眉《まゆ》を顰《ひそ》めて横目で見遣《みや》る。

「蹴るなよ」

目が合った藤村は、ニヤリと腹の立つ笑みを浮かべた。この男が思うままの反応をしてしまったことに気づいたけれど、後の祭りだ。

「なんか知らねーが、ご機嫌斜めだな？」

「そうですか？　気のせいでしょう」

意識して淡々と言い返すと、目を細めた藤村はフンと鼻で笑ってガシッと首に腕を回してきた。

もうダメだ。イライラが限界に達したぞ。

握っていた蛍光ペンを投げ出すようにして机に転がすと、身体《からだ》ごと左隣にいる藤村へと向き直り、口を開いた。

「なんだよっ！」

「なんだよって……久し振りに顔を合わせたんだ。ちょっとくらい、嬉《うれ》しそうに笑って見せたらどうだ？　可愛《かわい》くねーぞ」

まるで、斗貴が悪いかのような言い様だ。

コイツは、別行動を取る直前のやり取りを忘れているのか？　執念深く怒りを持続させている自分が、バカみたいだ。

「久し振りにお逢《あ》いできて、涙がちょちょぎれそうなほど嬉しいですぅ。藤村教官は、お変わりなくてなにより」

目を細くして睨みつけながら、わざとらしく作った声でお望みの『可愛いこと』を言ってやる。

多少引き攣《つ》った顔になっているかもしれないが、知ったことか。

「おまえも……相変わらずだ。可愛くねぇって前言を撤回してやる。カワイーなぁ？」

顔を顰《しか》めて苦笑を浮かべた藤村は、無造作に斗貴の頭を撫《な》で回した。ついでに頭を鷲掴《わしづか》みにして、グリグリと指先に力を入れたのは……絶対にわざとだ。

「い、イテテ……怪力っ。頭蓋骨《ずがいこつ》が割れるっ！」

背中を反らして藤村の手から逃れた斗貴に、斜め後ろのデスクにいる篠原《しのはら》が話しかけてくる。

「橘……おまえ、藤村教官に対する態度が訓練生の頃から全然変わってないな。いい年してんだから、ちったぁ大人になれよ」

「はいっ？　それ、藤村……教官にも言ってもらえませんか？　おれだけが悪いんじゃないだろっ！」

藤村を指差して反論すると、「仲睦《むつ》まじくてなによりだ」と笑いながらの適当な答えが返ってくる。

ダメだ。斗貴の言葉など、取り合ってくれていない。

指差した斗貴の手を叩《たた》き落とした藤村は、自分の両手を胸の前で組んでポキポキと指を鳴らした。

「んー……久々だから、腕が鈍《なま》ってるかもな。活《い》きのいい訓練生がどれくらいいるか、楽しみだなぁ」

そろりと見遣った藤村は、端整な顔に不気味な微笑を滲《にじ》ませていた。

斗貴の視線を感じたのか、ふとこちらを見た藤村と目が合う。藤村は、「そういえば」と唇《くちびる》に浮かべていた笑みを消した。

「俺が使っていた木刀、まだあるか？」

「あー……道場の用具箱に入ってた」

「そいつはよかった。おまえくらい構いがいのあるヤツがいたらいいな」

なんとも楽しそうだ。

竹刀《しない》ではなく、初《しょ》っ端《ぱな》から手加減なしに木刀を持ち出す気らしい。

訓練生が気の毒だ、などと思ってやるものか。このドSな熊男に、ぎゃふんと言わされてしまえ。

自分を『トッキー』と呼ぶ生意気な面々を思い浮かべた斗貴は、ククッと含み笑いを漏《も》らした。

性格が悪いと言われようが、望むところだ。

「やっぱ、久し振りだと鈍ってるな」

肩にかけたタオルで額の汗をぬぐいながら廊下を歩く藤村は……生き生きとした顔をしている。

これは、あれか。水を得た魚というヤツだ。

「……あれで、鈍ってるのか。まぁ、確かにあんたにしては生ぬるかったかもな」

遠い目をした斗貴は、はは……と乾いた笑いを零《こぼ》した。

怒声を浴びせられながら『お仕置き』をされて、涙目で道場に転がっていた連中が思い浮かぶ。

藤村の木刀の餌食《えじき》となった訓練生たちの悲鳴が、耳の奥に残響しているみたいだ。

……ざまーみろ。

大人げないと言われようが、これまで斗貴を舐めてかかっていた連中が打ちのめされる姿は爽快だった。

「午後は、学科だったか。おまえ、時間空くんだろ？　ミーティング……ついでに、組手の相手をしろ」

「時間は空くけど、十五時までだ。その後は、ＰＣルームに用があるからさ」

学科講習は、斗貴の手に負えないと……端から決めつけられている。

訓練生だった頃、定期テストのたびにギリギリの橋を渡っていたことを知られているので、一言も文句を言えないけれど。

「ＰＣルーム？　おまえが？　携帯端末でさえ、ロクに使いこなせてねぇくせに」

「バカにすんなよ。確かに機械との相性はよくないけど、さ」

どうしてこの男は、いちいち斗貴の神経を逆撫でするのだろう。

ムッと唇を引き結んだ斗貴は、歩くスピードを速めて藤村を置き去りにする。教官室に入ったところで、バッタリ鷹野《たかの》と顔を合わせた。

「おっと、悪い」

急ブレーキをかけたけれど、間に合わなくて鷹野に体当たりしてしまった。謝りながら顔を上げた斗貴に、不思議そうな表情で尋ねてくる。

「……そんなに急いで、どうかしたのか？」

「別に、なにも……」

鷹野に答えたところで、藤村が追いついてきた。

斗貴の背後に視線を移した鷹野は、そこに立つ藤村の姿に斗貴が早足だった理由を見出《みいだ》したようだ。

仕方ないとでも言いたげな苦笑を浮かべて、藤村に軽く頭を下げる。

「お、鷹野。橘のフォローをしてくれていたみたいだな」

「いえ、俺が特別なにかをするということはなかったです。橘、健闘していますから」

「そうか？　あいつらに舐められて、愉快なあだ名をつけられてるみたいだがな。おまえは、適任だなぁ」

「そうでしょうか」

静かに言葉を交わす藤村と鷹野は、誰がどう見ても『同僚』だ。

これが、自分と藤村だと……何故《なぜ》か対等な空気にならない。他の教官からの扱いも、未《いま》だに『教官』と『手のかかる訓練生』だ。

複雑な表情で唇を引き結んでいると、鷹野が斗貴に顔を向けてきた。

「そうだ、橘。市来《しらい》は、午後の学科講習に参加させていいんだよな。火薬の取り扱いと、小型爆弾について」

午後の学科講習は、三クラス合同だ。

自分が担当する黒クラスのファイルを手にした鷹野は、特例の存在である市来を含めていいものかと確認してくる。

「あー……あいつにとっては、つまらん内容かもな。逆に、市来に講義させたらいいんじゃないか。面白い時限装置を作ってたみたいだし」

市来の非行歴にあった、政府機関の爆破事件を思い浮かべる。

特殊な時限装置を使ったもので、爆発物処理に当たった警察関係者が誰一人として解除できなかったらしい。

そこに爆発物があるとわかっていながら、対処できず……結局、周りに被害が出ないよう特殊素材でガードしてその場で爆発させるしか方法がなかったらしい。警察関係者にとって、屈辱でしかなかった事件だ。

それを製作したのが、当時十四歳の少年だったと知らされて、ますます悔しい思いをしたに違いない。

鷹野も市来に関する情報の一端としてその事件を知っているからか、「ああ」と苦笑を滲ませる。

「じゃあ、担当の教官に伝えておこう。藤村教官、失礼します」

「ああ、またな」

鷹野は、藤村に目礼を残して廊下に出て行く。

その背中を見送った藤村が、出入り口で突っ立っている斗貴の背中を小突いてきた。

「おい、通行妨害」

「小突くなよっ」

振り向いて文句を言った斗貴をフンと鼻で笑って、ズカズカと室内に歩を進めた。

この男の登場で、ますます斗貴の『教官』という威厳が薄れたような気がする。でも、訓練生たちのあいだに漂う緊張感が段違いに増したことは、認めざるを得ない。

やはり敵《かな》わない……と認めるのは悔しい。

「橘、ザッとでいいから『市来』ってヤツについて説明しろよ」

「……わかった」

ちっぽけなプライドだと思うが、悔しがっていると悟られること自体が、屈辱だ。

なんとか複雑な感情を抑え込んだ斗貴は、軽く頭を振って教官室の奥にあるデスクに向かった。

《七》

水を打ったように静かだ。

どちらが先に動くか……限界まで神経を張り巡らせて、相手の呼吸を読む。視線の揺らぎさえ見逃すまいと、睨みつけた。

息を詰めていた斗貴が、苦しさを覚えて短く吐息をついた瞬間、目の前にいる男がかすかに唇を震わせた。

「ッ、隙あり！」

右手で拳を握り、鳩尾《みぞおち》を狙って叩きつける。

すかさずガードされることは予測済みだったので、左足を振り上げて横っ面《つら》を蹴りつけようとした。

「チッ、このヤロウ」

上段蹴りは、キレイに決まれば相手をノックダウンできるだけのダメージを与えられるが、逆に躱《かわ》された時はこちらに大きな隙ができてしまう。

一旦左足を床につき、身体を反転させかけたところで肩を摑まれてしまった。上腕に指が食い込んできて、肩関節をグッと捻《ひね》られる。

「い……ッ、ぅ」

関節を押さえられてしまうと、身動きができなくなる。わずかに力を入れられただけで、激痛が全身を走り抜けた。

みっともない悲鳴をギリギリのところで耐えた斗貴は、奥歯を噛み締めて道場の床を睨みつけた。

まるでお手本の如《ごと》く、見事に関節技が決まっている。

こうなれば、自力で振り解《ほど》くことは不可能だ。下手《へた》に暴れると、関節や筋を痛めることになる。

そう頭では理解していても、意地を手放すことができない。そう遠くないうちに『降参』を告げなければならないけれど、一秒でも先送りしたい。

「おい、橘。余計な意地を張ってんなよ。痛いだろ。こんなので関節を痛めたら、ただのバカだぞ」

斗貴は必死で痛みに耐えているのに、藤村は呼吸を乱してもいない。悔しさに拍車がかかり、畳を踏みしめる足の裏に力を込めた。

「……るせっ」

かすれた情けない声だったけれど、なんとか反論する。

更に身動《みじろ》ぎを図ったところで、摑まれていた二の腕をパッと解放された。

「このっ」

手加減する気か、と。

カーッと、これまで以上に頭に血が上る。

藤村に向き直ろうとした直後、グルリと視界が回った。しまった、と頭に過《よぎ》った時には、全身を畳に叩きつけられていた。

一拍置いて斗貴が飛び起きようとしたところで、容赦なく肩を踏みつけられる。

「ほら、参りましたって言えよ」

藤村は、天井の照明パネルを背に、悠々とした表情で斗貴を見下ろしている。乱れた前髪が目元にかかり、こんな場面だというのに奇妙な色香を纏《まと》っていた。

端整な容姿に、男としての自信を漂わせ……同性でも、いや同性だからこそ惚《ほ》れ惚《ぼ》れする、完全無欠ないい男だと、斗貴でなくても感じるはずだ。

ただ、今は、そのなにもかもが斗貴の神経を逆撫でする。

「ちくしょう、ムカつくなっ」

「おー、吠《ほ》えろ吠えろ。ま、今のオマエがなにを言っても、負け犬の遠吠えってヤツだけどな」

クックックッと肩を震わせて憎たらしいことを口にする藤村の論が、間違っていないとわかるだけに腹立たしい。

「おまえ、完全に腕が鈍ってるぞ。ここで半月あまり、なにやってた？」

「……あんたこそ、なにやってたんだ？」

無駄な抵抗を放棄した斗貴は、畳の上に手足を投げ出して藤村を見上げた。

別行動をしていた約半月のあいだ、この男はどこでなにをしていたのだろう。

「お仕事に決まってんだろ」

「それはわかってるよ。内容を聞いてんだけど」

回りくどい聞き方をしたら、のらりくらりと誤魔化されそうだ。そんな気配を察して、そのものずばりを口にする。

意地っ張りな斗貴が直球で尋ねてくるとは思っていなかったのか、藤村は「おや」とほんのわずかに目を瞠《みは》った。

斗貴の肩を踏みつけていた足を退《ど》けて、屈《かが》み込む。しゃがんだ藤村は、これまでより近くから斗貴を見下ろしてニヤリと笑った。

「なんだ、そんなに気になるか。浮気はしてねーぞ」

「そ、んなことを心配してんじゃねーよ！　バカ！」

「バカにバカと言われても、痛くも痒《かゆ》くもねーなぁ。まぁ、下半身のユルさはオマエのほうがあやしいよな」

聞き捨てならない台詞《せりふ》に、ピクッと眉を震わせた。

眉間《みけん》に縦皺《たてじわ》を刻んだ斗貴は、藤村を睨み上げて聞き返す。

「なんだと。おれの、どこが」

その発言の根拠はなんだと、低く凄《すご》んだ。

痛くもない腹を探られて疑われているのだから、苛立《いらだ》ちが込み上げるのも当然だ。

心外だと顔にも声にも滲み出ているせいか、藤村は抑揚のあまりない……感情の窺《うかが》えない声で言い返してきた。

「……市来真魚《まお》。主任に聞いたが、自由時間までベッタリだったって？　前例のないヤツで扱いに悩んでいたが、橘が意外にもうまく操縦してるみたいだ……って感心してたぞ。近くでマジマジと見たわけじゃないが、妙に小奇麗なツラだよな。基本的にあの系統の顔、オマエの好みだろ」

どうやら、斗貴が市来にかかりきりだと……主任から情報を仕入れたらしい。

まさか、本気で『浮気』を疑っているわけではないだろうが、直球なこの男にしては珍しく歯切れが悪い。

これは、よもや。

「えーと……ジェラシー……？」

頭に浮かんだ単語を恐る恐る口にすると、藤村が唇を歪《ゆが》ませた。

視界に大きな手が映った直後、

「調子に乗るな、ボケが！」

そんな言葉と共に、中指で眉間を弾《はじ》かれる。

頭蓋骨に響く強さで俗に言うデコピンをされてしまい、「イテェな！」と悲鳴を上げて両手で押さえた。

「だって、今の流れはそうだろっ」

「バーカ。聞いてみただけだ。大人しくしてたってか？」

「訓練生に手ぇ出すなんて、誰かサンみたいなコトはしませんよーだ」

訓練生だった自分に手を出した藤村を、露骨に当てこすった言い方をしてやる。

さぁ、どんな屁理屈《へりくつ》を返してくるか。

身構えていた斗貴だったけれど、藤村は苦虫を噛み潰したような顔で唇を引き結んでいる。

「あ……あれ？」

反論してこない。それはそれで、不気味だ。

拍子抜けした斗貴がわずかに首を傾《かし》げていると、藤村の手に目の上を覆われた。

「痛いところを突くなぁ。オマエは、俺の最大の誤算だよ」

斗貴の視界を覆ったつもりだろうけど、指の隙間からほんの少し見ることができる。

誤算という言葉どおりに、端整な顔に苦笑を滲ませていた。

その途端、身体中の血の巡りが速くなる。

つまり、あれだ。斗貴を前にして、藤村自身、理性でコントロールができなかったということか。

この男は、直情的なようでいて自分とは比べ物にならないほど冷静だ。共に行動していたらわかることだが、憎たらしいくらい合理的に物事を運ぶ。

なのに、そんな男に『最大の誤算』などと言わせるなんて……実はおれ、すごいんじゃないか？

心の中でつぶやいた言葉は、一言も口に出していない。でも、我慢できずに唇を緩ませてしまった。

「……チッ」

低く舌打ちをした藤村の手が目元から離れていき、視界が唐突に明るくなる。

斗貴が目を開けると、表情を見られないようにか顔を背けていた。

日頃、なにかとやり込められている斗貴にとって、見逃すことのできないチャンスだ。

「ぷっ……照れてるだろ。カワイーの」

右手を口元に当てて、ニヤニヤとほくそ笑む。

いつもだと、すかさず巧みな言い訳を口にする藤村が黙っているのが、なにより痛快だった。

現金なことに、組手で負けた悔しさが帳消しになる。

晴れ晴れとした気分で転がっていた畳から上半身を起こしたところで、ふと頭上に影が落ちた。

「あ……？」

怪訝《けげん》な思いで顔を上げた斗貴の目に、仁王立《におうだ》ちしている藤村の姿が映る。嫌味なくらい整った顔には、なんとも形容しがたい不気味な薄ら笑いが滲んでいて……ゾクッと、背筋を冷たいものが這《は》い上がった。

「そうか。挑発するってことは、なにか期待しているんだな。いろいろ、溜《た》まってたってことか。気づいてやれなくて悪かった」

「はぁ？　なにが、挑発……」

「口が裂けても、カワイイなんて言えねぇようにしてやる」

そう宣言した藤村は、上半身を起こしていた斗貴の肩を蹴って再び畳に転がす。背中が畳についたと同時に反射的に跳ね起きようとしたけれど、藤村が圧《お》し掛かってくるほうが早かった。

「ちょ……、なんなんだっ」

「構ってほしかったんだろ？　本当にイイ子でいたかどうか、身体に訊《き》いてやる」

「冗談だろ。ここをどこだと」

「俺はいつでも大真面目《おおまじめ》だ。グラウンドのど真ん中でないだけいいだろ。学科講習が終わるまで……あと、三十分は誰も来ねぇよ」

照れ隠しなのかもしれないが、斗貴にしてみればトバッチリだ。いや、調子に乗った自分が悪いのか？

強引にTシャツを捲《まく》り上げた藤村が、素肌《すはだ》に手を這わせてくる。ざわりと産毛が逆立ち、ビクッと身体を震わせた。

こうして藤村のぬくもりを感じるのは、久し振りだ。

任務中などで、一か月そこそこ触れ合わないことも珍しくないのに……こうして触れられると、瞬時に身体が思い出す。

この手にもたらされる快感、安堵感《あんどかん》、それらが染みついてしまっているみたいだ。

「ッく、しょ……」

自分だけ翻弄されるのは、ごめんだ。よそ見をしていないという言葉が嘘でなければ、この男も同じ条件のはず。

手を伸ばした斗貴は、藤村の着ているTシャツの裾《すそ》から手を差し込んで脇腹を撫でる。そのまま背中に回して指先で背骨を辿《たど》ると、斗貴の胸元にある手がピクッと震えた。

「ふ……ん」

思わず笑った斗貴に藤村は眉を顰めて、不覚を取った、という顔をする。

それだけでなんとなく溜飲《りゅういん》が下がり、触れる手に熱が籠もった。

「オマエなぁ……覚悟しやがれ」

「あんたこそ、いい声を聞かせてくれてもいいんだぜ？」

唇に微笑を浮かべた斗貴は、膝《ひざ》で藤村の腿《もも》の内側を撫で上げた。

この男の思う一方になど、させてやるものか。そんな思いが、見上げる目に出ていたのだろう。

「っとに、たまんねーな」

ポツリと口にした藤村は、背中を屈めて唇を触れ合わせてきた。斗貴は挑むような思いで唇の合わせから舌を潜り込ませて、藤村の舌に絡みつかせる。

「ン……、ぅ」

甘い触れ合いというより、ケンカを仕掛けている気分だ。

負けるもんか、と藤村の背中を抱き寄せる手に力を込めた。

残り時間は、三十分弱。大したことはできないだろうけど、触れ合うくらいなら充分すぎるくらいの時間だ。

大人しく、されるがままになるなどごめんだ。

□□□

「ついて来るなよっ」

「俺が来ちゃならん理由は？　納得できるだけの立派な理由があれば、今すぐ回れ右してやるよ」

「……くそ、ああ言えばこう言う。屁理屈の達者なヤツだなっ」

どう頑張っても、口では勝てない。

諦めた斗貴は、後ろをついて来る藤村を無視することにして、早足でズカズカと廊下を歩く。

いつものことなので、ノックをすることも声をかけることもなく、ＰＣルームのドアを開いた。

定位置となっているパソコンの前に座っている市来が、これもいつもと同じくチラリと咎《とが》める視線を送ってきた。

ただ、今日は斗貴の背後に見慣れない人物が立っていることに気づいたらしく、視線だけでなく顔まで向けてくる。

背後にいる藤村を親指で差した斗貴は、

「……コレは背後霊だとでも思って、気にしなくていいからさ」

そう笑いかけたけれど、市来は表情を変えることなく淡々と言い返してきた。

「背後霊にしては、存在感がありすぎる」

斗貴は冗談のつもりで口にしたのだが、コイツは本気か？

どう切り返そうか迷っていると、背後の藤村がククッとかすかな笑いを漏らすのが伝わってきた。

「朝飯の時に食堂で挨拶しただろ。藤村だ。おまえが市来か。なかなか、いい経歴を引っ提げてるって？」

「……いいかどうかは、わかりませんが」

斗貴や鷹野とは段違いの貫禄《かんろく》があると思うのだが、市来は藤村の迫力に怯《ひる》むことなく堂々と答える。

これまでも度々感じていたことだが、結構な度胸だ。

嘆息した斗貴は大股《おおまた》で歩を進めると、市来の隣にあるイスを引いて腰を下ろした。

「この男のことは気にせず、いつもどおり好きにしてろよ」

「はぁ。……一つ聞きたいんだけど、このパソコンに触った？」

キーボードから手を浮かせた市来は、モニターを指差して斗貴に尋ねてくる。

斗貴は、三十センチほど離れたところにある市来の横顔を見ながら、「ああ」とうなずいた。

「そりゃ、学科講習の時に触ったヤツがいるだろ。空いてる時はおまえの好きにさせているけど、基本的にここの備品なんだ」

わずかな表情の変化でも、見逃すことのない距離だ。斗貴の返事に、市来はほんの少し眉を動かして不快を示した。

「なんだよ、お気に入りのオモチャに他のヤツが触るのは気に入らねーかぁ？　お子ちゃまだな」

揶揄《やゆ》する口調で言いながら、右手を伸ばして市来の髪を掻《か》き乱す。すると、即座にその手を振り払われた。

「そんなこと、一言も言ってないだろっ。あんたのほうがガキみたいだ」

「失礼だな。おまえより七つも上のお兄さんだぞ」

胸を張って言い返すと、呆《あき》れたような顔でこれ見よがしなため息をつき、斗貴から顔を背けた。

そこで、戸口に立っていた藤村がズカズカと近づいてくる。ポンと頭に手を置かれたかと思えば、

「頭の中身は、中学生レベルだけどな」

そう、失礼極まりない言葉が降ってきた。ムッとした斗貴は、その手を払いながら反射的に頭上を振り仰《あお》ぐ。

「なんだと。誰が中学生だ」

「違うのか？　拗《す》ねるし無用な意地を張るし、負けず嫌いだし……年上ぶってるのを見ると、愉快だな」

「ッ、市来、この失礼な熊男は無視していいからなっ」

からかう口調で、腹の立つ言葉を並べ立てられて……でも、反論できない。

藤村に対する自分の態度が、言われたまま『中学生レベル』だと自覚がないわけではないのだ。

「……ガキ」

斗貴と藤村の様子を見ていた市来にポツリとつぶやかれてしまい、これまで以上に機嫌を降下させた。

教官らしい威厳がないのは今に始まったことではないが、藤村のせいでますます『教官らしい』空気が薄くなってしまった。

「おれと市来の、微笑《ほほえ》ましいコミュニケーションを邪魔するなよ。用がないなら、出て行けっ！」

八つ当たりだとわかっているけれど、この場から元凶を追い出すべく「シッシッ」と手を振る。

どう返してくるか身構えていたけれど、意外なことに、

「俺は野良犬か」

などとぼやいた藤村は、斗貴の頭を軽く小突くだけであっさりと引き下がった。

「邪魔したな」

それだけ言い残すと、すんなり廊下に出て行く。

あの男は、本当になにをしに来たんだ？

市来と二人でＰＣルームに残された斗貴は、今更だと思いつつ『教官』の顔を取り戻すべく表情を取り繕《つくろ》った。

「……藤村教官と、仲いいんだな」

「へ？　特別、仲がいいってわけじゃないぞ。鷹野とは仲良しだけどな。おれが訓練生だった時の担当教官なんだよ。そのせいで、未だにこの扱いだ」

今では、バディを組んで任務に当たっている……ということまで、市来に言う必要はないか。

そう思った斗貴は、藤村が気安く接してくる最大の原因は、元訓練生と教官という関係のせいだと簡単に語る。

「ふーん……だから、藤村教官の前ではいつにも増してガキみたいになるんだ」

「ガ……ガキって言うな！」

藤村は特別だろうと、図星を指された気分だ。目を泳がせた斗貴は、動揺を誤魔化そうと市来の頭を小突いた。その仕草が、先ほど藤村が自分にしたものと同じだという自覚は斗貴にはなかったが。

ペースを乱すだけ乱して姿を消した藤村に、心の中で「あんたのせいだ」と呪詛《じゅそ》を吐く。口に出さなかったのは、市来に聞きとがめられて、また「ガキ」と言われたくなかったからだ。

そうして藤村の話題を切り上げようとしたけれど、斗貴の意図に反して市来が言葉を続ける。

「あの人、教官の中でも、ちょっと独特っていうか……変に迫力があるよな」

「そうか？　必要以上に偉そうってだけだろ。暴君だぞ」

何気なく答えたけれど、あれ？　と不可解な気分になる。

市来が特定の人間に興味を示すのは、珍しいことだ。誰かを話題に出すことなど、少なくとも斗貴が知る限り初めてだった。

どんな顔をしているのか確かめたくて、こっそり横目で見遣る。

「…………」

タイミングよくこちらに目を向けたところだった市来と、視線が絡んだ。市来は無表情で、斗貴と目が合った直後に顔を背ける。

瞬間的に視線を絡ませただけでは、澄ました表情の奥でなにを思っているのか読み取ることはできなかった。

斗貴が、相手の腹を探るのが苦手というだけでなく、市来が年齢不相応に思考を隠す術《すべ》を持っているせいもある。

「藤村教官や鷹野教官を見ていたら、あんたがいかに教官らしくないかよくわかる。指導者には不向きだ」

遠慮や容赦のない言葉に、ムッと眉を顰めた。

同じ場に鷹野がいれば、もう少し大人しいくせに……斗貴が相手だと、子猫を被《かぶ》ろうという気さえないらしい。

「おまえ、本っ当に生意気だな。どうせ、おれには威厳が足りないよ。教官つっても、所詮、臨時の穴埋めだ」

「……臨時、か。臨時の期間が終わったら?」

「ここを出て、任務に戻る。上から言われた仕事をこなすだけだな」

「忠犬かよ」

低く、ボソッと吐き捨てた市来の台詞は、苦いものをたっぷりと含んでいた。表情に変化がない分、声のトーンに出ている。

嘲るような響きの一言だったが、反論できるだけの材料はない。

「ま、そうだな。実際、要人から面と向かって犬って呼ばれることも珍しくないし。コレで飯を食ってるんだから、仕方ないか」

淡々と言い返して犬呼ばわりを受け入れると、市来は苛ついたような手つきでパソコンの電源を落とした。

勢いよく立ち上がった市来の左手首を摑み、「おい？」と首を傾げる。

「なに怒ってんだよ？　パソコン、まだ使えるぞ」

「怒ってねーし。あんたが横にいると、見張られてるみたいで不快なんだよ」

摑んでいた手を振り払われて、目をしばたたかせた。

ここしばらく、市来は斗貴が傍にいても気にかけることなくパソコンを弄《いじ》っていた。露骨に存在が不快だと言われたのも、初めてだ。

なにがそんなに気に障《さわ》ったのか、鈍感な斗貴には想像もつかない。

「おい？　部屋に戻るのか？　……オヤスミ」

市来は、尋ねた斗貴に一言も答えない。背中に声をかけた斗貴を振り向くこともなく、PCルームを出て行った。

ポツリと取り残された斗貴は、

「なにが気にくわねーんだ？」

と、独り言をつぶやく。当然、答えてくれる人はいない。

カリカリ頭を掻き、ここでぼんやりしていても仕方がないので自室に帰るか……と腰を上げたところで、ドアが開いた。

「橘、さっき廊下で市来とすれ違ったが……珍しく眉間に皺が寄ってたぞ」

「鷹野か。んー……なんか、おれが怒らせたみたいだな。よくわからんけど」

首を捻る斗貴に、鷹野は思案の表情を浮かべる。なにがあったのだと踏み込んでくることなく、

「話すか？」

そう短く尋ねてきた。

つき合いの長い斗貴相手でも、余計なお節介をすることなく適度な距離を保つあたり、この男らしい。

「いや、今はいい」

「まぁ……相談相手には、藤村教官のほうが適任か」

首を左右に振ると、鷹野の口からスルリと藤村の名前が出て心臓が大きく脈打った。

焦った斗貴は、身体の脇で両手を握って鷹野を見上げる。

「なっ、なんで藤村。おれは別に、そんなこと言ってないだろっっ」

「そうか？　実際、藤村教官は教官としては大先輩だろう？　相談事に対するアドバイスも、的確だろうし」

鷹野は、真顔だ。これは、斗貴をからかっているのではなく……真面目にそう思っている

のか。

確かに、あの男は気に食わない。

でも、きっと真剣に相談すれば茶化すことなく答えをくれるはずで……癪だけど、斗貴もそれは認める。

深く息をついて肩から力を抜き、拳を解いた。

大人な鷹野は揶揄したりしないが、あからさまな過剰反応だ。藤村を意識しています、と自ら暴露しているのと同じだろう。

「こんなだから、おれ、市来にガキみたいだって言われるんだろうな」

肩を落とした斗貴は、小さくつぶやいた。

七つも年下の市来にガキ呼ばわりをされるのは面白くないけれど、実際に精神年齢はアチラが上かもしれない。

「それは、橘のいいところでもあると思うが。確かに、藤村教官の前だと……いつにもまして猪突猛進《ちょとつもうしん》な素が出ているか。藤村教官が、おまえを煽ってるのも原因だな。イイ子なおまえはつまらんのだろう」

「あの男こそ、大人げないよな。つーか、捻くれ者。でも、おまえからも藤村の前だとおれがガキっぽく見えるなら……気をつけよ」

もう一つ特大のため息をついた斗貴は、「なにもかも、あいつが悪い」と心の中で全責任を藤村に押しつけて唇を歪めた。


「はー……」

満足の息をついた斗貴は、持っていたグラスを勢いよくテーブルに置く。グラスに半分ほど注がれていた日本酒は、一飲みで斗貴の腹の中だ。胃がぽかぽかしてくる感覚が久し振りで、心地いい。

名目上、消灯を過ぎれば職員も自室で過ごすことになっている。けれど、それを守らなかったからといってペナルティが科されるわけでもなく、実際は気の合う同僚と雑談したりコッソリ酒盛りしたりと、ほぼ自由時間だ。

陣中見舞いの差し入れだという酒瓶を手に訪ねてきた藤村を招き入れた斗貴は、空になったグラスを睨んでムスッと黙り込んでいたけれど……、

「不細工な顔してないで、言いたいことがあれば言えよ」

隣に座っている藤村にそう促されて、口を開いた。

「不細工は余計だ。あんたはどう思ったよ、あいつ……市来」

ファイル上のパーソナルデータではなく、間近で接した市来は、藤村の目にはどう映った

のだろう。

尋ねた斗貴に、藤村からの答えはない。

予想外に長い沈黙が不思議で、横目でチラリと藤村を窺い見る。右手にグラスを握った藤村は、天井に視線を泳がせてなにやら考えていた。

斗貴の視線を感じたのか、こちらに目を向けてポツポツ口にする。

「なかなか、複雑なやつだな。あそこで、オマエと二人でいることが多かったんだろ？　割り込んだ邪魔モノとでも思ったのか、俺を睨みつけてきたぞ」

「そんな、可愛らしータイプじゃないって。鷹野も一緒だったりするし、なーんかあんたを意識してた感じだけど……」

確かに、いつになく機嫌が悪かった。

でもまさか、あの市来が自分と斗貴の空間に藤村が乱入したことが理由でへそを曲げたりはしないだろう。

うーん？　と首を捻った斗貴は、ずっと引っかかっていた疑問を零す。

「あいつ、昔のおれを知ってるみたいな言い方、するんだよな。そのくせ、思い出せないおれがバカみたいに言いやがって」

「……逢ってるのか？」

「記憶にないんだって！」

市来の顔を見ていると、なんとなく引っかかりを感じることはある。でも、それがなんなのか正体を摑むことはできない。

拳で自分の頭をコッコツ叩いていると、藤村がとんでもない台詞を口にした。

「シャバにいた時に、手ぇ出してポイ捨てしたんじゃねーの？」

「んなわけあるかっ！　おれの好みは、昔も今も男女ともに年上の美人ですぅ。年下……特に七つも下のガキは、対象外。養成所に入る前、おれがシャバにいた頃って、あいつローティーンだぞ」

ありえないだろ、と眉を顰める。

喉《のど》の奥になにかが詰まったような不快感を流そうと、酒瓶を摑んでグラスに酒を注ぐと一気に呷《あお》った。

「おい、そのあたりで止めておけ。おまえ、自分で思うより酒に強くないぞ」

もう一杯、と傾けかけた酒瓶を取り上げられる。

斗貴のなにもかもを知り尽くしている、と言わんばかりの言葉にムッとして、藤村を睨みつけた。

「……市来に振り回されてるおれを、バカだと思ってるだろ」

「もう酔ってんのか？　そんなこと、一言も言ってないだろうが」

子供を宥《なだ》めるような口調で静かに言い返してきた藤村は、仕方なさそうな苦笑を浮かべてポンポンと斗貴の背中を叩く。

余裕を感じさせる仕草に、苛立ちが募った。

「おれなんて、単純バカで……あんたから見れば、訓練生と変わんないくらいガキだろうな。市来にまで馬鹿にされてるし」

「おいおい、絡み酒か？　疲れてんなら、風呂《ふろ》に入って寝ろ」

「……溜まってんだよっ。ヤラせろ！　昼間の、子供だましみたいな触りっこで満足するかよ」

むしゃくしゃした気分をあんたで発散させろ、と藤村の胸元を両手で掴む。

ほんの少し眉を顰めた藤村は、顔を寄せた斗貴を避《よ》ける素振りも見せず、挑むような口づけを受け止めた。

舌を差し入れ、濃密な口づけを誘い……応《こた》えてこないことを怪訝に思って重ねていた唇を離す。

「藤村？」

「オマエさ、本当はその気じゃねぇだろ。八つ当たりのキスは、お世辞にもイイとは言えねーな」

ポンと後頭部を軽く叩くと、頭を抱き寄せられる。

カッと首から上に血を上らせた斗貴は、抱き込まれかけた藤村の腕から逃れようと身体を捩《よじ》らせた。

「下手くそなキスで悪かったな！　離せよっ」

「ハイハイ、俺が飽きたら離してやるよ。久し振りなんだから、もうちょっと大人しく触らせろ」

「ッ、勝手なことばっか言いやがって」

藤村は、もぞもぞ落ち着きのない斗貴の背中を強く抱き締めて、ピッタリ密着するよう自分の胸元に引き寄せる。

暴れているうちに、もつれるようにゴロリと床に転がった。それでも、藤村の手は離れていかない。

床に背中をつけた藤村の身体に半ば乗り上がった状態で、胸元に頭を押しつけた。

「ちくしょ……っ」

「暴れんなって」

斗貴の背中を抱いて苦笑交じりにそう言った藤村の声は、重苦しさを感じさせない。犬や猫を腹の上に乗せているみたいだ。

結局、またしても藤村の思いどおりになっている。腹が立つ。大人しく抱き込まれたままでいてやるものか、と頭では思っているのに……薄いTシャツ越しに藤村の体温を感じていると、徐々に身体から力が抜けていく。

頭を押しつけている藤村の胸元からは、トクントクンと規則正しい心臓の鼓動が伝わってきた。

この半月あまり、自分の目の届かないところで、どんな任務に就いていたのか。大怪我をしていないのか……気になって眠れない夜があったなんて、悔しいから藤村本人には絶対に言ってやらない。

飄々《ひょうひょう》とした顔で立っている姿を目にして、全身の力が抜けるほどホッとしたことなんて……忘れた。

そっと手を上げて、藤村が着ているTシャツの裾をこっそりと握り締める。

自分ばかり、藤村を気にかけているみたいで悔しい。悔しい……のに、こうしてぬくもりを感じていたらトロリとした眠気が忍び寄ってくる。

「っとに、オマエは……」

苦い口調でのつぶやきが、頭のすぐ傍《そば》で聞こえてきた。

なんて言った？

カワイー……とか？

「……れが」

そんなわけあるか、と言い返したつもりだったけれど、唇をかすかに震わせただけで声にならなかった。

ポンポンと規則的に背中を叩く手に、限界まで抗《あらが》っていた斗貴だが……どんどん重くなる瞼《まぶた》を開こうという努力を、ついに放棄してしまった。

全身で感じる藤村の体温は心地よく、夢を見ることもない極上の眠りに沈んだ。

《八》

「今日は、背後霊がいないんだな」

　ＰＣルームに入った斗貴を振り向いた市来は、視線を泳がせてつぶやく。このところ、必ずと言っていいほど斗貴に伴っていた藤村が、今日はいないのだ。

　存在を歓迎している雰囲気ではなかった藤村について、市来が言及するのは意外だ……と思いつつ、言葉を返す。

「ああ、あれは教官室を出ようとしたところで主任に捕獲されてた」

　苦笑を滲ませた斗貴は、定位置となっている市来の隣のイスに腰を下ろす。

　斗貴がパソコンモニターを覗き込もうとしたところで、市来はマウスを操作して画面を切り替えた。

　やはり斗貴には、どんな作業をしているのか見せる気がないらしい。たとえ目にしたところで、コードの類《たぐい》などまったくと言っていいほどわからない斗貴が、理解できるとは思えないが。

「どうもさ、おれがここでの臨時教官の任が解かれるの、予定より早くなりそうなんだ」

自分がここを離れると聞かされた市来は、どんな反応をするのか……チラチラと横目で確かめながら、言葉を続ける。

「病気療養中の教官、医者も驚いたっていうくらい驚異的な治癒力らしくて早々に復帰するってさ。獣並みの治癒力っつーか、化け物だな」

来週いっぱいで、臨時教官の任を解かれると斗貴が聞かされたのはついさっきだ。

二か月、場合によっては三か月と言われていたにもかかわらず、その半分ほどの期間で済んでしまいそうだ。

斗貴の話を黙って聞いていた市来は、どうでもよさそうに「ふーん？」と鼻を鳴らした。

「なんだよ、それ。淋《さび》しいって言えよ」

「誰が。だいたい、淋しがれ……って強要することじゃないだろ」

呆れたように返してきたけれど、斗貴を無視するわけではない。可愛げのない市来が、年齢相応だと感じるのはこんな時だ。

ふっと唇を緩ませたところで、コンと軽くドアがノックされた。

「……入るぞ」

低い一言と共にドアが開けられて、鷹野が姿を現す。その途端、市来の纏う空気の質が変わった。

憎たらしかった表情も能面のようになり、まさしく猫を被った状態だ。

「おー、鷹野。持ってきてくれた？」

「ああ、英《はなぶさ》さんが食堂に来ればいいのに……って、ぼやいてたぞ。橘が構ってくれないから、つまらん……とか」

「悪い悪い、朝飯の時に謝っとこう」

パソコンデスクの脇に立った鷹野は、右手に持っている食堂の備品、プラスチックのトレイを斗貴がいる机の端に置いた。

斗貴は、そそくさと手を伸ばしてそこに載せられているマグカップを取る。

「ほら、市来。エイの特製プリン、配達を頼んでやったぞ。めちゃくちゃ美味《うま》いんだから、ありがたく食え。あっ、他のヤツらには内緒だからな」

そう言いながら、スプーンを添えたマグカップを市来の手元に置いた。

わざと、マウスを操作するのに邪魔になる場所を選んだとわかったのだろう。ジロリと横目で睨んでくる。

「プリン……って」

「嫌いじゃないよな？」

決めつけて笑いかけた斗貴は、「コレ、マジで美味いよなぁ？」と鷹野を見上げる。無言で苦笑を浮かべた鷹野は、市来とは反対側の斗貴の隣に腰を下ろした。

「マジで美味いんだから、騙《だま》されたと思って食ってみろよ」

市来が座っているイスを軽く蹴り、率先してスプーンを手に持つ。

斗貴だけでなく、鷹野もプリンに手をつけたせいか、突っぱねるかと思っていた市来はおずおずとマグカップを持ってスプーンを差し込んだ。

一口含むのを見計らい、

「なっ、やっぱりおまえも好きだろ?」

と、笑って話しかける。

「ッ、憶《おぼ》え……」

すると、市来は驚いたようにパッと斗貴に顔を向けた。

常に澄ました顔をしているコイツが、わかりやすく表情を変えるなど珍しい。

「ん? まさか、マズイなんて言わないよな? 子供は皆、プリンが好きだろ」

特に、英のプリンは格別なのだ。

市来があまりにも驚いたような反応をするので、不味《まず》いなんて言わさないとばかりに畳みかける。

ギュッと眉を顰めた市来は、

「……ガキなのはあんただろ」

と小さくつぶやいて、猛スピードでプリンを掻き込んだ。空になったマグカップをトレイに戻すと、イスから立ち上がって戸口へ向かう。

「おい、もうヤメか？」

「あんたらに邪魔されたからな」

それだけ言い残すと、斗貴と鷹野を振り返ることなく廊下に出て行った。

スプーンを手に持った斗貴は、

「もっと味わいやがれ。もったいねーなぁ。なっ？」

そう口にして、鷹野に同意を求める。

黙々とプリンを食し終えた鷹野は、市来が座っていたイスをチラリと見遣って小さく息をついた。

「邪魔だったのは、俺かな」

斗貴は、そんな一言に驚いて目をしばたたかせる。

市来が、鷹野を疎ましがっていたようには思えないのだが。

「そうかぁ？　あいつ、おまえや藤村がいたら、デカい猫被ってイイ子になるんだよな。それが面倒だっただけじゃねーの？」

それが斗貴と二人だと、イイ子の仮面を被ろうという気さえないらしい。完全に侮られている。

苦い思いでぼやいた斗貴の言葉に、鷹野は思案の表情を滲ませる。

「藤村教官、か。そういや市来が、司法学科の後に珍しく俺に聞いてきたな。藤村教官は、どれくらいここで教官をしていたんだ……とか、おまえと俺が同期だって知ってたみたいだが、おまえが話したのか？」

「ああ。なんだ……おれに聞けばいいのに。初めて顔を合わせた時から、妙〜に藤村を気にしてるみたいでさぁ」

他人などどうでもよさそうな市来は、他の訓練生は完全に無視だ。

教官たちについても、表面上は「はい」と答えて従順にしているようでいて、あれは関心がないからこその態度だろう。

そのくせ、藤村には意外なほど興味を惹《ひ》かれているみたいで……変な方向に邪推したくはないが、まるで『気がある』みたいだ。

腕を組んで唸《うな》っていると、鷹野が予想もしていなかったことを言い出した。

「藤村教官、っていうより、市来が気にしてるのはおまえだろ」

「はぁ？　おれ……？」

目を瞠った斗貴は、腕組みを解いて自分を指差した。冗談かと思ったが、鷹野は大真面目な顔でうなずく。

「自分とおまえのあいだに、突如割り込んだ形になっている藤村教官が気になっているんだろうな」

「まっさかー。アイツがそんなカワイイタイプかよ」

手を振りながら、「ナイナイ」とケラケラ笑い飛ばす。そんな斗貴に、鷹野は特大のため息をついた。

「鈍いな」

「失礼な。おまえの気が、利きすぎるってだけだ。それよりさ、鷹野……おれ、ここを離れる前に片づけておきたいことがあるんだけど、巻き込んでいいか？」

これから自分がやろうとしていることは、俗に言うスタンドプレーだ。本来、主任あたりに相談するべきことで……下手したら、処分を受けることになる。

そんなリスクのあることに、友人だという理由で甘えて、鷹野を引っ張り込もうとしているのだ。

「尋ねているようでいて、おまえの中ではもう決めているんだろ。そうでなければ、おまえは話し出さない」

自分の中で決意したからこそ、口にしているのだと……聡明な鷹野にはお見通しということか。

鷹野に対する甘えは、自覚している。この男は『面倒に巻き込むな』と斗貴を突き放したりしないということまで、予想がついていて……どう答えるかわかっていながら、言い出したのだ。

鷹野のことだから、斗貴のズルさもすべて察しているに違いない。

「……ゴメン」

神妙に謝罪した斗貴の肩を軽く叩いた鷹野は、微塵《みじん》も気を害した様子はなく仄《ほの》かな苦笑を滲ませた。

「謝る必要はない。俺を蚊帳《かや》の外に追い出して、おまえ独りで引っ被ろうとされるほうが腹立たしいな」

「ん……サンキュ」

鷹野らしい言い回しに、ほんの少し唇を緩ませた。

自分は、いい友人に恵まれていると再認識する。ここで得た、どんなものにも代えられない財産だ。

独りでいいと、冷めた顔をしている市来は……心を許せる存在が、一人もいないのだろうか。

それでは淋しいのではないかと、真っ黒なパソコンモニターを眺めて唇を噛む。

「で、なんだ？」

「あっ、そうだ。あのさ……おまえも薄々感じていたかもしれないけど……」

途切れていた続きを鷹野に促された斗貴は、ポツリポツリとここしばらく考えていたことを話し始めた。

迷いながら、疑問を織り交ぜながら語る斗貴の説明はもどかしく、要領を得ないものだったはずだ。

それでも鷹野は、ひと通り話し終えるまで根気強く耳を傾けてくれた。

□□□

「邪魔だから来るな、とかって追い返そうとしてたかと思えば、今度は、なにも聞かずについて来いだと？　オマエ、自分がメチャクチャな我儘《わがまま》を言ってる自覚はあるか？」

斗貴と並んで歩きながら、ぶつぶつ文句を言っている藤村を見上げる。

自分が勝手なことをしているという自覚は、もちろんある。ただ、素直に「ゴメンナサイ。お願いします」と頭を下げられないだけだ。

「コトが無事に片づいたら、きちんと説明するって言ってんだろ。……悪い、鷹野。待たせたか？」

答えた斗貴は、階段の下に立つ大柄な人影に向かって右手を上げた。待ち合わせていた鷹野は、もたれていた壁から背中を離して藤村に会釈する。

「鷹野……は、事情を承知か。オマエらがなにを企んでるのか知らねーが、自分の首を絞めるようなマゾ行為はたいがいにしろよ」

妙な言い回しをする藤村を、無言で睨みつける。

鷹野と斗貴がなにやら画策しているとわかっていても、それ以上追及の手を伸ばすことなく、仕方なさそうに吐息をついた。

「今からこの棟に来ることはないと思うけど、念の為……他の訓練生や教官が来たら適当に追い返せよ」

「適当に？」

「得意だろ、屁理屈」

藤村は、指差して決めつけた斗貴に嫌そうな顔をして見せたけれど、「へーへー」と答えて肩を竦《すく》ませた。

藤村に背を向けて鷹野と肩を並べた斗貴は、事前の打ち合わせどおりに足音を殺して階段を上がる。

消灯が近い時間なので、廊下に灯《とも》っているのは薄ぼんやりとした非常灯のみだ。ＰＣルームにも照明は灯されていない。

ただ、ＰＣのモニターが発する淡い明かりが、ドアの隙間から細い光の線となって漏れていた。

斗貴は、予想どおりの人物が室内にいることを確信して、無言で鷹野と視線を交わす。

そっとうなずき合い、ドアに手をかけると……勢いよく開け放った。

「っ！　なんだよ……っ、ビックリしただろ」

パッとこちらを振り向いた市来は、戸口に立っているのが斗貴だと視認すると、いつもと変わらない調子で声を上げる。

斗貴は言い返すことなく、大股で市来の脇まで歩を進めた。

チラリと見下ろした時には、パソコンモニターは先ほどまでとは違う画面に切り替わっていた。

「夜中に、人目を忍んでゲームか？」

出荷時から、ＰＣに内蔵されているゲームが表示されている。

ふーん？　と目を細めた斗貴に、市来は、

「だったら、なんだよ。好きにしていいんだろ？」

そう答えながら斗貴を見上げてくる。ジッと顔を見ても動揺を微塵も感じさせない、見事なポーカーフェイスだ。

斗貴は短く息をつくと、戸口を振り返って「鷹野」と呼びかけた。

ゆったりとした足取りで室内に入ってきた鷹野は、怪訝そうな顔の市来の両肩を背後から摑む。

「鷹野教官……っ？」

「えーと、確か……こう、で……」

鷹野の協力で市来が手を出して来られないようにしておいて、斗貴はキーボードの上に指を滑らせる。

その斗貴の指先を見ていた市来が、ほんの少し視線を揺らがせるのを見逃さなかった。

「よし、エンター、っと」

コン、と最後のキーに指を叩きつけると、モニター画面が切り替わった。斗貴たちが踏み込むまで、市来が表示させていたであろうウインドウがズラリと映る。

チラリと市来に視線を向けると、目を瞠って珍しく狼狽《ろうばい》を露《あらわ》にしていた。

「なん、で……」

どうやら、斗貴がパスワードを正確に打ち込んだことは予想外だったようだ。

確かに、市来はご丁寧に毎回異なるパスワードを設定していた。推測するのは不可能だったから、こうして奇襲をかけることになったのだ。

慌てて手を伸ばしかけた市来の腕を、背後の鷹野が素早く摑む。ガタっとほんの少しイスが動いただけで、鷹野は巧みに市来の動きを封じた。

「おれ、おまえから見たらバカだろうし実際に頭のデキは大してよくないけど、動体視力には自信があるんだよなぁ」

パスワード破りと呼べるような、格好いいものではない。視界の端に映る市来の指の動きを読んで、トレースしただけだ。

原始的な手段は胸を張って言えることではないが、長く憶えている自信がなかったので、こうして即座に実行に移した。

「鷹野、これ……わかるか？」

イスの背もたれ越しに市来を拘束している鷹野は、背中を屈めてパソコンモニターを覗き込んだ。

暴れても鷹野の手から逃れることは不可能だと諦めたらしく、市来は身動ぎ一つせず不貞《ふて》腐《くさ》れた顔でそっぽを向いている。

「管理センターのホスト……だな」

「あ、やっぱり？　これも、だな。こっちは……？」

重なり合ってモニターに映し出されている、複数のウインドウを指差す。市来がどんな仕掛けをしているのか……下手にクリックするとどうなるかもわからないので、見づらいけれど仕方がない。

「全部、政府機関だ」

「……目的は？」

モニターから視線を逸らした斗貴は、市来自身に質問をぶつけた。市来は、斗貴と目を合わせることなく口を開く。

「あんた、やっぱりバカだろ。この場面で、俺が素直に口を割ると思うか？」

「おまえが素直じゃないのは、知ってるよ。じゃ、実力行使をさせてもらうかな。鷹野、手え離すなよ」

鷹野に念を押しておいて、市来に向かって手を伸ばした。両手で頭を掴み、無理やりこちらに顔を向けさせる。

至近距離で目を合わせた斗貴に、市来は怪訝そうに眉を顰める。

「選ばせてやるから、ありがたく思え。舌が痺《しび》れるような濃厚なキスと、人体の弱点を的確に捉えたくすぐり攻撃と……どっちがいい？」

「は……あ？　アホらしい。そんなのでしゃべるかよ」

「知らないのか？　人間ってヤツは、痛みにはある程度我慢できるんだけど、快楽と痒みには弱いんだぞ。おまえに効果がありそうなのは……よし、キスにしよう」

数十センチの距離で市来と視線を絡ませて、ニヤリと笑ってやった。因《ちな》みに、藤村を倣《なら》った胡散臭《うさんくさ》い笑顔……になっているはずだ。

潔癖そうな市来には、効果的な嫌がらせに違いない。

「そんなこと、できるわけが」

「ないって、なんで言い切れる？　できるかできねーか、身体で知ればいい。もしおまえが年上だったら、おれの好みど真ん中だしな」

市来の言葉を遮り、ふふん、と鼻先で笑っておいて顔を寄せた。

できるわけがない、と高《たか》を括《くく》っていたに違いない。

ギリギリまで余裕の滲む目をしていた市来は、斗貴の唇が軽く触れた途端大きく肩を震わせた。

鷹野の拘束は完璧だ。わずかな身動ぎはできても、それ以上動くことは叶《かな》わなかったのだろう。

「ちょ……、と待……」

動揺に揺らぐ声を漏らしながら顔を背けようとした市来の頭を、逃がすものかと更に強い力で挟み込む。舌先を伸ばしてペロリと前歯を舐めると、ガコンと大きな音が響いてパソコンデスクが揺れた。

どうやら、辛《かろ》うじて動かすことのできる膝下を駆使して逃れようと試みた市来が、デスクを蹴ったようだ。

「わ、わかったからヤメロ！」

「本気で嫌がったな。傷つくなぁ」

市来の頭からパッと両手を放して、飄々と笑って見せる。

斗貴の手から解放された市来は、大きく肩を上下させて恨みがましい目で斗貴を睨み上げた。

「信じらんね……あんた、最悪だ」

「まぁ、確かに。否定はしない。おまえと鷹野が黙ってたら、誰にもわからんな？　と視線を移した斗貴と目が合った鷹野は、そ知らぬ顔で、

「俺はなにも見てないが」

と、低く口にする。

すっとぼけた鷹野の言葉に、市来は悔しそうに顔を歪ませた。

「この状況でどちらに利があるか、賢明なマオちゃんにはもうわかってるよな？　……諦めて吐けよ」

前髪を摑んで顔を背けられないようにして、微笑を浮かべる。

市来は、まだ不本意そうな顔をしていたけれど、

「チッ……わかったよ。どうせ、鷹野教官は離してくれないだろうし、ここを出ても逃げ込む場所なんかない」

ポツリとつぶやいて、斗貴から目を逸らした。

証拠隠滅を阻止するため、パソコンに手が届かない位置に移動しておいて、鷹野と二人で

市来を挟み込む。

沈黙は数分。斗貴と鷹野が急《せ》かすことなく市来がしゃべるのを待っていると、ついに口を開いた。

「降参したふりでおっさんたちを油断させておいて、内側から崩してやろうと思ったんだよ。コンピュータウィルスを仕込むのでも、重要機密を抜いて外国に売りつけるのでも……なんでもよかったけど、こーんな離れ小島に監禁されることは予想外だったな。コレが、一番性能がいいって？　処理速度は遅いし、どこが……って感じだ」

斗貴だとその機能の三割も生かせないものだが、市来にとってはスペック不足だったらしく、忌々しそうにパソコンを睨みつける。

性能云々《うんぬん》と言われてもピンとこない斗貴は、「ふーん？」と首を傾げた。

「内側からって、捕まったことで国を逆恨みしてんのか？　確かに窮屈だろうけど、協力したら非行歴を帳消し……しかも、護衛付きでこの先の衣食住も保証してくれるんだから、破格の待遇だと思うな。物騒な国の国家機関がおまえのことを知れば、下手したら拉致られるかもしれないぞ。コンピュータウィルスだけじゃなくて、高性能な爆弾の設計やら生物化学兵器も作れるって？　テロを企てる連中にとって、利用価値はメチャクチャに高い。そこでも、日本と同じくらい丁重に扱ってくれたらいいなぁ？」

今のような待遇は、国にとって利益があるのはもちろん、市来にしてみても悪くはないはずだ。

そう能天気に口にした斗貴だったが、突如市来が立ち上がった。

これまで、諦めきったような淡々とした空気を纏っていたのが……立ち上る炎が見えるような、憤懣《ふんまん》を背負っている。

斗貴の襟元《えりもと》を両手で摑むと、

「あんたが……それを言うのか。やっぱり、国の犬に成り下がってんだな。勇魚《いさな》に聞かせてやりてぇ」

激高をなんとか抑え込もうとしているのか、かすれた低い声でそう口にする。

今……イサナ、と言ったか？

市来の口から出た名前に憶えのある斗貴は、驚いて目を瞠った。

その名前は、知っている。十代の頃の斗貴にとっては、身内に等しいほど特別だったもので……忘れられるはずがない。

「イサナ……って、ちょっと待て。おまえイサナの」

「……弟だよ。正確には、種違いの弟だから血の繫《つな》がりは半分だけど。なんだ、勇魚の名前は忘れてなかったんだな。ガキだった俺にキスしたことは、キレイさっぱり忘れているくせに」

斗貴は、啞然《あぜん》とした心地で市来を見詰める。必死で記憶を探っても、ガキだったという市来にキスをしたことなど思い出せなかった。

でも……イサナのことは、忘れていない。忘れるわけがない。

イサナは、ここに入る前の斗貴にとって、数少ない『友人』だった。遊び仲間の中でも、一番信用できる存在で……斗貴が養成所に入ることが決まったと告げた際、笑い飛ばす連中の中で唯一苦い顔をした人物でもあった。

異父兄弟というだけあって、あまり似ていない。いや、ほんの少し……目元の印象が似ているか？

市来の顔を凝視して絶句していると、襟元を摑んでいた市来の手から力が抜けた。

「俺のこと、調べてたんじゃなかったのか？」

なにひとつ知らなかった。そ知らぬ演技をしていたわけではないと、斗貴の様子から見て取れたのだろう。

斗貴は、呆然《ぼうぜん》としたまま小さな声で言い返す。

「いや……発覚している非行歴と、簡単なプロフィールだけ……で。だって、おまえ親族はいない、って」

「今は独りだ。勇魚は、あんたらに殺されたんだからな」

「どういうことだっ？」

殺された、という物騒な言葉に市来の手首を摑んだ。

市来は嫌がって振り解こうとするでもなく、斗貴から顔を背けたまま途切れ途切れに口にする。

「危険だってわかってたのに、中国マフィアと国内組織の繋がりを摘発するために囮《おとり》捜査に利用して……勇魚を見殺しにしたんだ」

「囮……？」

囮捜査自体は、珍しいことではない。

ただ、一般人を巻き込むのは異例ではないだろうか。

訝《いぶか》しい思いで聞き返した斗貴に、市来はグッと唇を噛み、記憶を探るようにポツポツ言葉を続けた。

「そりゃ、オイシイ話にひょいひょい乗った勇魚もバカだったけど、死ななくてもよかったはずだ。……遺体の引き取りに行ったところで、指紋から俺の過去の非行歴がバレて御用《ごよう》になったんだよ」

「そ……んな」

国家がそんなふうに一般市民を利用するなどあり得ない。とは、言えなかった。

今の斗貴は、一部の特権階級に属する人間の傲慢さを身を以《もっ》て知っている。彼らにしてみれば、反社会的なグループの人間が一人亡くなろうと、毛の先ほども心が痛まないだろうとも。

「勇魚はバカだし、国から見ればいてもいなくてもいい厄介者だったかもしれない。でも、俺にはたった一人の家族だった」

　市来の言葉に、斗貴は過去の自分と『イサナ』の出逢いを思い起こす。

　両親を亡くし、引き取られた伯父《おじ》宅で居場所を見つけられなくて……ふらりと訪れた夜の街で身の置き所を探していた斗貴に、初めて「こっち来いよ」と手を差し伸べてくれたのがイサナだった。

「母親に捨てられた十も離れたガキなんて、お荷物でしかなかったはずなのに、俺を食わせるために危ないことをメチャクチャやって……なんにもいいことなく、利用されて死んで。勇魚の人生って、なんだったんだ？」

　ポツリポツリと語る市来の言葉を黙って聞いていた斗貴は、眉間に深い皺を刻んでうな垂れた。

　市来の手首を握る手を、離せない。

　イサナは、斗貴の三つ上で……遊び仲間のリーダー的存在というより、皆の兄貴みたいなものだった。

　無鉄砲で、でも仲間思いで、ドジを踏んでヤクザに捕まった仲間を助けようと、単身で事務所に乗り込んだこともある。

　キレイな顔をしていて大胆で、懐が深くて……十代の頃、なにもかもに反抗して全身に棘《とげ》を纏っていた斗貴を、躊躇《ためら》うことなく腕の中に抱き寄せた。イサナの傍は、誰といるよりもホッとできた。

今になって思えば、あれは、恋愛感情に近いものだったかもしれない。

養成所に入ってからは、連絡を取る術もなかった。たまに思い出すことがあっても、彼はずっと変わらず、その名のとおり勇ましく……要領よく世間を泳いでいるのだろうと、なんの根拠もなく信じていた。

そうだ。確かにイサナには、可愛がっている年の離れた弟がいた。泊まりに行った際などに何度か顔を合わせていて、節操という言葉を知らなかったあの頃の自分だと、からかい混じりにキスくらいはしたかもしれない。

「トキも、過去ごと勇魚を切り捨てたと思ってた」

「それは、そうじゃない……って言っても、信じてもらえねーか。今の俺は、確かに国の飼い犬だもんな。イサナのことも、記憶の片隅に追いやってた……し」

今の斗貴に、市来に言える言葉は一つもない。

市来が抱えているものを知れば、国を恨むのも当然で……復讐《ふくしゅう》の術があるのなら実行に移そうとするのも、責められない。

唇を噛んでいると、

「……橘」

これまで無言で傍観していた鷹野に、低く名前を呼ばれて顔を上げる。

睨むような目でこちらを見ている鷹野に強い力で肩を摑まれて、市来の手首を摑んでいた指から力を抜いた。

「引きずられるな。市来、おまえも恨みをぶつける相手や方法を履き違えるな。今のおまえが橘に向けているものは、子供じみた八つ当たりだ」

理路整然とした言葉に、市来は顔を歪ませて唇を引き結んだ。

鷹野の台詞は、正論かもしれない。でも、斗貴は黙って聞いていられなかった。

「鷹野っ、でも市来の気持ちはわかるだろっ？　たった一人の身内を利用された挙句見殺しにされて……恨んで当然だ」

「橘。復讐は連鎖する。それで、コイツが私的な恨みを晴らして……結果、別の誰かが不幸になってもいいと？　またそいつが、市来を憎んで恨みを晴らそうとするかもしれない。きりがない」

「そりゃ、そのとおりだよ。復讐の連鎖は、どこかで断ち切る勇気がいる。だけど、そんなキレイごとの理想論で片づけられないこともあるだろ！　衣食住に不自由なく育ったおまえは、わかんないのかもしれないけどっ。おれらみたいな人間にとって、心から信用できる存在がどれほど大切か！」

頭では、自分こそ鷹野に八つ当たりをしているとわかっていた。でも、理性でコントロールすることのできない言葉が次々と零れ落ちる。

斗貴と目を合わせていた鷹野は、不快そうに表情を曇らせた。

「俺にはわからない、か。そうかもしれんな。でもおまえ、自分が言っていることが本当に正しいと思うか？」

揺らがない口調で、ただ静かに問いかけてくる。

言い返すことは……できなかった。胸の中に渦巻くのは、言葉では言い表すことのできないモヤモヤとした思いだ。

腹が立つ。なにに？　大声で叫んで、暴れたい。……なにを言いたい？

自分でもなにをしたいのか、どうすればいいのかわからなくて、もどかしさに唇を強く噛み締めた。

鉄臭い血の味を、舌先に感じる。

反論できない斗貴に代わって、市来が口を開いた。

「はは……もういい。もう……気ぃ抜けた。トキが勇魚を忘れていたんじゃなくて、物わかりのいいつまんない大人になり下がってるわけでもなくて、駄々をこねるガキみたいで……なんか、笑える。うん、なにもかもどうでもいいや。国に突き出すなりなんなり、好きにしろよ」

気負いの欠片《かけら》もない声で「もういい」と繰り返した市来は、力ない様子でイスに腰を下ろした。

その顔には、諦めきったような微笑が滲んでいる。

斗貴はなにも言えないまま、のろのろと顔を上げて市来とその向こうに見える鷹野を目に映す。

斗貴と視線の合った鷹野は、小さく肩を上下させて嘆息した。

「突き出す？　市来がなにをしようとしていたのか、なにも見てない俺にそんな理由も権限もないな」

鷹野は、なにも見ていないふりを貫き通す気らしい。パッと顔を上げた市来が、身体ごと鷹野のほうに向く。

「……鷹野教官、俺は、でも」

「子供ってやつは、無謀なことをしでかすものだ。鬱憤《うっぷん》を吐き出したい時もあるだろう。八つ当たりは感心できないが……な」

右手で髪を撫で回した鷹野に、市来は反発することなく……ただ、うつむいた。

その背中を見ていた斗貴は、勢いよく立ち上がって天井を仰ぎ見る。

「悪い、おれ……ちょっと一人で頭を冷やす。鷹野、市来を頼んだ」

「……ああ」

鷹野の返事を確認すると、二人に背を向けてＰＣルームを出る。

廊下に飛び出したところで、ドアのすぐ脇に立つ藤村の姿が視界の端に映ったけれど、足を止めることなく大股で階段を下りた。

振り返って確かめなくても、藤村が背後からついて来るのがわかる。

振り切りたくて、建物を出たところで駆け足になる。

全速力でグラウンドを走り抜け……自然と足が向かったのは、養成所の施設がある敷地を出て籔《やぶ》を抜けた先、海を見下ろすことのできる拓《ひら》けた崖の上だった。

訓練生だった頃から、幾度となく立った場所だ。ここから海を見下ろして、いろんなことを考えた。

立ち止まり、膝に両手をついて乱れた息を整えた斗貴は、足元の影に向かってボソッとつぶやく。

「ついて来るなよ、バカ」

数秒の間があり、背後から低い声が返ってきた。

「……もう来ちまったからなぁ」

「ふざけんなっ！」

すっとぼけた声に、カッと頭に血が上った。

藤村は、いつも余裕ぶって少し高い位置から斗貴を見下ろして……オロオロする様を傍観している。

今も、そうだ。廊下に立っていた藤村は、ＰＣルームでの一部始終を聞いていたに違いない。

一人で空回りして、鷹野にみっともなく八つ当たりして……子供じみた癇癪《かんしゃく》を起こした斗貴を知っているはずだ。

振り向いた斗貴は、どこにもぶつけられなかった憤りを、目の前にいる藤村に向かって爆発させる。

「ちくしょ、大バカだって笑ってんだろ！」

「被害妄想だ。誰もそんなこと、言ってねぇだろがっ」

雲一つない夜空には満月に近い月が浮かんでいて、隠したい表情を藤村の目に曝《さら》け出しているはずだ。

殴りかかった斗貴を軽く躱した藤村は、肩を叩いて突進した斗貴の勢いを殺す。

「嘘だっ。どうせおれは、ガキだよっっ」

闇雲に食ってかかると再びあっさり躱されてしまい、勢い余った斗貴は近くの立ち木に突っ込んだ。

バサバサと枝が落ち、目の前に葉が舞う。

傍に転がっている岩にぶつけたのか、折れた枝に引っかけたか……半袖《はんそで》のＴシャツから出ている腕が、あちこちヒリヒリと痛んだ。

「ッく……くそっ」

尻《しり》もちをついていた地面から跳ねるように起き上がると、またしても藤村に殴りかかるべく身を躍らせる。

「バカヤロ、こんな狭いところで暴れんな！　落ちても知らねーぞっ」

「い……ッテ」

鼓膜を震わせる怒声と共に、二の腕を掴んで肩を捻られる。動きを止めた斗貴の目に、すぐ傍に迫った崖の端が映った。

親切なロープや柵などは一切ない。踏み外せば、数百メートルの断崖絶壁を落ちるだけになる。

ヒヤリとしたものが背中を這い上がり、頭に上っていた血が引くのを感じた。

「ッ、離せよ……っ」

少し冷静さを取り戻した斗貴は、藤村に掴まれた腕を振り払おうと身を捩った。けれど、斗貴の腕に食い込む藤村の手は離れていかない。

「うるせぇ。黙ってついて来い。場所を変えて、思う存分暴れさせてやる」

「イテェ、引っ張んなって！　ッくしょ……っっ」

的外れな八つ当たりをしたことも、そうせざるを得なくなった事情をこの男に知られていることも、「惨め」の一言だ。

なにもかもが情けなくて、今すぐ消えてなくなりたいと奥歯を噛み締める。

一人にしてくれればいいのに、藤村は容赦なく斗貴の腕を摑んだまま養成所の施設があるほうへと足を運んだ。

うな垂れた斗貴は、逃げる気力もなく……足元に伸びる自分の影を睨みながら、とぼとぼ藤村に従った。

《九》

施錠されていない武道場の扉を勢いよく開け放った藤村は、斗貴の背中を強く押して畳に転がした。

履いたままだった靴を無言で剝《は》ぎ取り、肩越しに背後へ投げ捨てて……斗貴を見下ろしてくる。

「どうした？　泣こうが喚《わめ》こうが、好きなだけ暴れていいぞ」

道場内には、照明が灯されていない。

月明かりを背にした藤村がどんな顔をしているのか、逆光になっていて斗貴に読み取ることはできない。

静かな声は、一切の感情を窺わせないのに……。

「もう電池切れか？　つまんねーなぁ」

あからさまに挑発する言葉に、グッと右手で拳を握った。声もなく立ち上がった斗貴は、仁王立ちしている藤村に殴りかかる。

「そうでないとな。おっと……全っ然当たらねーぞ」

斗貴の拳を躱した藤村は、余裕の滲む、笑みを含んだ声で茶々を入れてくる。憎たらしい薄ら笑いを浮かべた顔を睨みつけ、左足を振り上げた。

「ッ、避けんな……っ！」

「アホか。避けるに決まってんだろうが」

スッと身体を引いた藤村の手が、斗貴の後ろ襟を摑んだ。膝の後ろを払われて、畳に背中を打ちつける。

「ぐっ」

辛うじて受け身を取ったけれど、一瞬息が止まる。吐息をついて身を捻った斗貴は、藤村の足首を摑んで重心を崩そうとした。

「見え見えなんだよ、バーカ」

ヒョイと足を持ち上げた藤村は、斗貴の肩を蹴りつけて身を逃す。脇腹を踏みつけられた斗貴は、ギリギリと歯ぎしりをして畳に爪《つめ》を立てた。

頭の中が真っ白になる。喉に詰まっていたモヤモヤが、いつの間にか散り散りに砕け散っていた。

ゼイゼイと荒い息をついて畳に手足を投げ出した斗貴を、藤村は背中を屈めて見下ろしてくる。

「つふ……もう終わりか？」

「うるせー……あんたこそ、息が上がってんじゃね……か」

強がって言い返しても、殴りかかる余力はない。暗い天井を見上げた斗貴は、瞼を伏せて大きく息をつき、畳の感触を五感で味わった。

奇妙なことかもしれないけれど、両腕に抱かれて慰められるより、ずっと藤村の思いやりを感じた。

甘やかされ、よしよしと宥められていたら、きっと斗貴は沈み込んだまま浮上できていない。

藤村は、嫌になるくらい的確に斗貴の性格を把握している上に、コントロールする術を知っている。

悔しくて……でも、どんなに足掻《あが》いてもやはり敵わないのだと、これ以上ないくらい痛切に思い知らされる。

右腕を上げて顔を隠した斗貴は、ポツポツと弱音を零した。

「おれ、あいつのこと……全然気づかなかった。イサナも、イサナの弟のマオも……あの頃のおれには、大切な存在だったはずなのに。サイテーだ。あいつが、切り捨てられたって思っても仕方ない」

みっともない泣き言を聞かせている。

そんな自己嫌悪にどっぷりと浸りながら、藤村が無言なのをいいことに言葉を続けた。

「鷹野にまで、八つ当たり、したりして……」

呆れられただろうか。

いくら懐の深い鷹野でも、あんなふうに理不尽な八つ当たりをした斗貴を軽蔑したかもしれない。

そう思えば、心の中にぽっかりと穴が開いたような空虚な気分になる。

身動き一つできず、背中をつけた畳の冷たさを感じていると、頭上から藤村の声が降ってきた。

「おいおい、市来や鷹野のことばかりか。俺に言いたいことはないのかよ」

そう言いながら、指先で顔を覆っている腕をつつかれる。

どう答えればいいのか迷い、無言の斗貴に藤村は「ったく」と続ける。

「俺だけ蚊帳の外に追い出して、鷹野と二人でなにやらコソコソしやがって」

「…………」

不貞腐れたような声？

まさか、拗ねているのだろうか……この男が？　と、顔の上に置いている腕を少しだけずらす。

コッソリ覗《のぞ》いた藤村は、苦笑を浮かべて斗貴を見下ろしていた。

「人間てヤツは、勝手なもんだ。死ぬほど理不尽なことも、世の中には溢《あふ》れ返ってる。諦めるのがいいことだとは言わねぇが、開き直ったもん勝ちだ」

静かにそれだけ口にした藤村は、ポンと斗貴の頭に手を置いた。

わかりやすく優しい言葉をかけてくるでもなく、手放しで甘やかすのでもなく……この男らしい宥め方だ。

くしゃくしゃと髪を撫で回され、尖《とが》っていた心がスッと落ち着く。

「あいつも……おれにとっての、あんたみたいな存在を見つけられたらいいのに」

思い浮かんだことを、ぽつんとつぶやく。

鷹野には呆れられて、見捨てられるかもしれないと……そんな怖さを感じた。でも、藤村にはそんな不安をチラリとも覚えなかった。

何故か。

……藤村には、どんなにみっともない自分を見せても大丈夫だという、甘えと信用があるからだ。

悔しいから言葉にはできないけれど、きっと藤村もそれがわかっている。

「おまえにとっての、俺みたいな？　って、どんな存在だ？」

クッと低く笑った藤村は、笑みを含んだ声でそう聞き返してきた。

「ツッコむなよ、無神経……」

「鈍感だから、わかんねーんだよ。ハッキリ言えって」

強く腕を摑まれて、顔の上から外される。

睨みつけた藤村は、ニヤニヤと人の悪い笑みを浮かべていた。端整な男前なのに、そんな表情をしていたら台無しだ。

「……スケベ笑い」

ボソッとつぶやいた斗貴に、笑みを深くして顔を寄せてきた。

「弱ってるおまえがカワイーんだから、仕方ないだろ。八つ当たりも、弱音を吐くのも……俺だけにしておけよ。あの手この手で、発散させてやるから」

どんな顔で、俺だけにしろ……なんて言ってやがる。

しっかり見てやろうと思っていたのに、言葉の終わりと同時に唇を重ねられて表情を確かめることはできなかった。

それも、きっとこの男の作戦だ。

「ッ、あの手この手で、発散……って、どの手だよっ」

ゴソゴソとTシャツを捲り上げられて、身体を捩った。

焦って上半身を起こそうとしたけれど、畳に寝転んでいる斗貴の身体に馬乗りになった藤村を振り落とせない。

油断した。この体勢から藤村を跳ね除《の》けるのは、不可能だ。

「おまえがお望みなら、手だけでなくてもいいが」

すっとぼけた言葉と同時に、ペロリと耳元を舐められる。ゾクッと鳥肌が立ち、不覚にも大きく身体を震わせてしまった。

「この前は、中途半端なところで止めて悪かった。詫《わ》びとして、完遂してやるよ」

「冗談だろ。今の状況で、ここで……って」

いくら藤村がデリカシーに欠ける人間でも、こんなふうに弱っている斗貴を組み伏せようとするなど……ヒトデナシだ。

そんな非難を込めて見上げると、藤村は斗貴の前髪をグシャグシャに撫で回して視界を遮った。

「うるせー、無神経で結構。おまえの頭から、市来も……鷹野も追い出してやる」

「そ……っ」

言い返そうとした言葉は、またしても口づけに封じられた。斗貴になにも言わせないとばかりに、傍若無人《ぼうじゃくぶじん》に舌を絡みつかせてくる。

「っん、ン……んんっ」

分厚い肩を叩いても、唯一自由に動かせる膝から下をバタつかせても、藤村はビクともしない。

市来や鷹野のことで落ち込む斗貴が、気に食わないのか……と。聞いてやりたいのに、しゃべらせてくれない。

わかりやすい言葉はなくても、自分のことだけ考えていろ、と言わんばかりに斗貴の身体に手を這わせてくる。

「ァ、待……てっ、本気で、ここ……って」

「あいにく、俺はいつでも大真面目だ。が、確かに道場で……っていうのは落ち着かねーなぁ。ん、移動するか」

一人で決め込んだ藤村は、戸惑う斗貴の腕を掴んで立ち上がった。どうするのかと思えば、大股で道場の戸口へ向かう。

「なに、どこ行くんだよっ」

「俺の私室。このままここで、とか……グラウンドがいいってなら、応じてやらんこともないが」

シレッとした顔でとんでもないセリフを吐く藤村に、ギョッと目を剝《む》いた。

変なところで大胆なこの男なら、やりかねない。

「じょ、冗談じゃねーよっ」

「じゃあ、黙って大人しくついてこい」

傲慢に宣言した藤村は、もう足を止めることなく斗貴の腕を掴んだまま道場を出て、グラウンドを突っ切る。職員の私室が並ぶ棟に入り、藤村の居室の扉を開ける背中を無言で見遣った。

訓練生だった頃から、ここを出てバディを組んで任務に就くようになってまで……飽きるほど見ている背中だ。

でも今は、見慣れた背中がいつになく大きく感じる。寄りかかりたくなる衝動を、ギリギリのところで押し止《とど》める。

唯々諾々《いいだくだく》と藤村に従うのは、少し悔しい。けれど……この横暴な男に癒しを求めている自分を、認めざるを得なかった。


照明を灯していない部屋は、カーテンの引かれていない窓の外からかすかな光が差し込むだけで、薄暗い。

それでも、互いの顔を見て取ることはできる。

寝室にしてある奥の部屋に大股で歩を進めた藤村は、所在なく突っ立っている斗貴から手際よく着ているものを剝ぎ取っていく。呆気《あっけ》なく全裸にされてしまい、逃れようという気力まで殺《そ》がれた。

簡単に陥落したと思われるのは、癪だ。でもどんなに反発しようとしても、結局この手には抗いきれない。

複雑な心境で手足から力を抜くと、藤村がピタリと動きを止めた。

「なんだ？　やけに大人しいな。抵抗しないのか？」

「……抵抗されたほうが楽しいのかよ、ヘンタイ」

「オマエ、減らず口は健在だな」

嫌そうに顔を顰めた藤村に、ふふんと笑ってやる。

メソメソいつまでも落ち込むより、こうして藤村相手に減らず口を叩くほうが性に合っている。

一つ深呼吸をして、口を開いた。

「あんたが『構ってくれない』って拗ねてたから、今日のところは好きにさせてやる。でも、そのうちおれが、超絶テクでめろんめろんにさせてやるからなっ」

「まだ、そんなことを言ってんのか。ハイハイ、せいぜいテクを磨いてくれ。楽しみにしてるよ」

「っく、……のセリフ、忘れ……っなよ」

「あー、わかったわかった。ヨボヨボのジジイになるまでに、野望が叶えばいいな」

適当な言い方で斗貴の言葉を聞き流した藤村は、止めていた手の動きを再開させる。

藤村は当然のように口にしたが、ヨボヨボのジジイになるまで……一緒にいられたらいい。

簡素なパイプベッドに背中を押しつけられた斗貴は、ぼんやりとした薄闇の中に浮かぶ藤村の端整な顔を見上げた。

藤村がベッドに膝を乗り上げてくると、男二人分の体重を受けたパイプベッドが軋《きし》んで鈍い音を立てる。

「余裕です、って顔……しやがって」

自分だけ好きにされるのは悔しいので、手を上げて藤村のTシャツを捲ると背中に手を滑らせる。

弱点を知り尽くしているのは、お互い様だ。

腰の隙間からズボンに手を潜り込ませて、腰骨をゆるく引っ掻いた。

「ッ……」

ピクッと眉を震わせた藤村を目にして、唇の端を吊《つ》り上げる。

「もどかしい、だろ。シテクダサイってお願いするか？」

「オマエ……カワイイなぁ。そうか、そんなに泣かせてほしいか。手緩《てぬる》いやり方で悪かったな」

「ッな、誰が、そんなこと……っ、あ……ッく」

ニヤリと不気味な笑みを浮かべた藤村は、手早く斗貴の身体を反転させてシーツに伏せさせる。

背後から腰を持ち上げられて、双丘の狭間《はざま》に指を押し当てられた。逃れる間もなく、その指が突き入れられる。

手荒に扱っているようでいながら……痛めつけることが目的ではないのだと、慎重に触れてくる。

この気遣いが、たまにもどかしい。

壊れ物のように大切に扱われているみたいで……恥ずかしくてたまらなくなる。

「か、勝手にしろよ。そんな、優しいみたいに、しなくてい……いっ」

「みたい、ってなんだ。俺の好きにしていいんだろ？」

そう言いながら、背中に唇を押しつけられて身体を震わせた。

だから、やっぱり敵わないのだと、心身に思い知らされる。

好きだとか、愛してるとか。

甘ったるいセリフは似合わないと、互いにわかっている。でも、言葉にしなくても信頼していることが伝わっていれば、それだけでいい。

「し、つこ……って。ねちっこいんだよ、オヤジ」

熱っぽい吐息をついた斗貴は、シーツに額を押しつけて震える指先を握り込んだ。

執拗《しつよう》な前戯に、全身がとろとろに溶《と》かされてしまいそうだ。それでも、可愛く「もういいから」とは言ってやれない。

「このヤロウ、そんなに泣かされたいのか？」

「ッ、ヨボヨボのジジイになる前に、さっさとヤレ……って」

背後で、藤村が大きく息をつくのがわかった。

さすがに呆れたかと、そんな懸念が頭を過ったのは一瞬で、挿入されていた指が引き抜かれる。

代わりに押し当てられた熱の圧倒的な存在感に、ふっと息を詰めた。

斗貴を欲しがっていると……こんなカワイクナイ痴態に煽《あお》られていることの、なによりの証拠だ。

「力、抜いてろ。おまえが挑発したんだからな。痛いとかキツイとか、後でブツブツ文句を言うなよ」

「……っわねーよ。あんたこそ、若くないんだから途中でへばるなよ」

「若くないかどうか、その身体で思い知れ」

言葉が終わると同時に、押しつけられていた熱塊がじわりと突き入れられる。

反射的にグッと奥歯を噛んだ斗貴は、なんとか身体の力を抜こうと鼻から息を吸った。

すべてを曝け出して、なにもかもを明け渡す。こんなこと、許すのは藤村だけだ。

それが、この男はわかっているだろうか。

……わかっているのかもしれない。

そっと背中を撫でてくる手のひらの熱さを感じた斗貴は、言葉にするのが苦手なのはお互い様か……と唇を歪ませて、思考を手放した。

もう、なにも考えなくていい。

藤村の熱を感じていれば、それでいい。

「藤……村っ、ぁ……ぁ！」

かすれた声で藤村の名前を口にする。きつく目を閉じて、至純な快楽のみを追いかけようと深く息をついた。

力が抜けた隙を見計らい、これまでより深く突き入れられる。頭の芯《しん》まで痺れるような熱に、動悸《どうき》が激しさを増した。

「い、ア……ッ、ん」

「声、殺すな。どうせ、隣は空き部屋だ」

奥歯を噛み締めようとしたところで、歯を食い縛れないように指を含まされる。爪の先で舌の上を軽く引っ掻かれて、ゾクゾクと背中を震わせた。

「ッ、こんなので感じるか？　食いついてきた、ぞ」

「っあ！　……うる、っせ」

ゆるく頭を振った斗貴は、誰のせいだと藤村の指に噛みつく。

背中に、ふっと熱い吐息がかかった。

「っそ、……じゃない、と……なんて、な」

思考力の鈍くなった頭では、背後から聞こえてきた藤村の苦いつぶやきの意味が、すんなりと理解できない。

なんて、言った？

オマエじゃないと、ダメだなんて？

「な、ん……っ、ぁ、ぁ……ッ」

聞き返したいのに、口を開けば意味を成《な》さない吐息を漏らすしかできない。藤村は斗貴に追及されないよう、わざと激しく熱をぶつけているのかもしれない。

身体が熱い。吐息が喉を焼くように熱くて……縋《すが》るものを求めてシーツをグシャグシャに握り込んだ。

「……じ、村っ。も……ゃ、ぁ」

「ヤメロ？　冗談だろ。足りねーよ」

逃げかける斗貴の身体を、肩を摑んで容赦なく引き戻す。その手が自分と同じくらい熱くて、ますます煽られる。

「補給、させろよ。……斗貴」

「ぅあ、ぁ……っは」

熱っぽい吐息が襟足を揺らしたかと思えば、うなじに歯を立ててくる。

その痛みさえ快楽に変換してしまい、グッと拳を握り締めた。

宣言どおり、斗貴の頭から市来のことも鷹野のことも追い出して……藤村で満たされた。

□　□　□

遮るもののない頭上から、容赦ない日差しが照りつけてくる。

暑《あち》ぃ……と顔を顰めて目の上に手を翳《かざ》していた斗貴は、手を下ろして目の前に立つ二人に改めて顔を向けた。

「そろそろ中に入るかな。見送りに来てくれてサンキュ」

係留のための鎖が外されて、巻き取られている。出港が近い合図だ。間もなく、簡易桟橋も引き上げられてしまうだろう。

斗貴が笑いかけると、それまで顔を背けていた市来はチラリと視線を向けてきた。

「……また逢えるか？」

おずおずと尋ねてくる市来は、これまで斗貴に見せていた生意気な態度が嘘のように可愛らしい。

自分が出て行った後にＰＣルームで鷹野とどんなやり取りがあったのかは知らないが、憑《つ》き物が落ちたような、という形容がピッタリだ。

けれどきっと、これが彼の素なのだろう。

「おまえがイイ子にしていたら、管理センターあたりで嫌でも顔を合わせるだろ」

「そっか。じゃあ、サヨナラは言わない」

小さく笑った市来は、そう言って斗貴に背中を向けた。斗貴は鷹野と顔を見合わせて、密《ひそ》かな笑みを浮かべる。

市来が背中を向けた理由が、斗貴にも鷹野にも推測できるからだ。寂寥《せきりょうかん》感の滲む表情を自分たちに見せたくないに違いない。

「じゃあ……後は頼んだ、鷹野。コイツ、よろしくな。おれにとって、弟みたいなもんだからさ」

「ああ。わかってる。……おまえに、なにかを頼まれるのは初めてだな」

「そっか？　そう……かもな」

微笑を浮かべた鷹野は、斗貴が差し出した右手を迷うことなく強く握った。

理不尽な八つ当たりなど、なかったかのように接してくれる。相変わらず、鷹野は大人で……男前だ。

自分がここを離れても、コイツがいる限り市来は大丈夫。そう、疑いのカケラもなく言い切れる。

「またな、市来。……真魚。イイ子にしてろよ」

市来の背中に声をかけた直後、ゴツッと後頭部に衝撃が走った。

確かめるまでもなく、犯人はあの凶暴で横暴な男しかいない。

「痛《いて》ぇだろ、藤村っ！」

「格好つけんな、ボケ。どの口が、偉そうにイイ子にしてろなんて言える？　オマエこそ、ちったぁイイ子になれよ」

格好つけるなと揶揄されて、カッと顔面が熱くなった。しかも、決め台詞を鼻で笑われる。

「う、うるせーなっ！」

勢いよく言い返すと、視界の隅に映る鷹野がため息をつくのがわかる。相変わらずだと言わんばかりの、仕方なさそうな苦笑を浮かべていた。

「ほら、船に乗れ。機関員が困ってるぞ」

「あ……ああ。元気でな」

次に鷹野に逢うのは、いつになるだろう。

名残惜《なごりお》しくないと言えば、嘘になる。でも、きっと……互いに健在なら、逢えないことはない。

「今度は、名塚《なつか》も入れて三人で逢えたらいいな。おれと鷹野だけが顔を合わせたことを知ったら、盛大に拗ねられそうだ」

「そうだな。……怪我、するなよ。藤村教官も、お気をつけて」

藤村と握手を交わす鷹野に背を向けると、一抹の淋しさを振り払って岸壁と船とのあいだに渡されていたタラップを駆け上がった。

斗貴たちが船に乗り込むのを待っていたらしく、すぐさまタラップが外されて出港準備に移る。

岸壁に立つ鷹野を見下ろすと、市来に一言二言声をかけ……うなずいた市来が、ゆっくりとこちらを振り向いた。

泣きそうな顔をしていることは、武士の情けで気づかなかったふりをしてやって、右手を大きく振った。

エンジン音が高まり、本土に向かう船はゆっくりと岸壁を離れる。岸壁に立つ二つの人影が少しずつ小さくなり、そっと吐息をついた。

「泣いてもいいぞ、オニーチャン」

からかう口調でそう言いながら背中を小突かれて、ジロリと隣を睨みつけた。

藤村は飄々とした顔で、手すりにしがみつくようにして身体を預けている斗貴を見下ろしている。

「誰が泣くかよ」

「そうか？　ま、そういうことにしておいてやる」

チッと舌打ちをして、甲板に視線を落とした。

監査を終えた藤村と、復帰した教官と入れ替えに島を離れる斗貴が同じタイミングになったのは、偶然だ。

でも、その偶然に感謝したい……なんて、死んでも口に出すものか。独りでないことが、心強いということも。

「そういや、結局、別行動の理由はなんだったんだ？　おれにまで、守秘義務がどうの……なんて言わないよな？」

「……死ぬほど下らん理由だ、って言っただろ」

「だから、下らん理由なら、隠すことないだろっ。教えろよ」

渋い顔をしている藤村を睨み上げて、言えと詰め寄る。

しつこく食い下がる斗貴に負けたのか、船のエンジン音に紛れそうな小声で、藤村がつぶやいた。

「あー……護衛対象が、某国《ぼうこく》の若い姫《ひめ》だったんだ」

「ああ？　お姫さん？　それが？」

「国王が、な……おまえを護衛から外せと所望した。どうやら、その姫がおまえのプロフィール写真を目にして、えらく気に入ったそうで……妙な心配をしたんだろうな」

「なんだ、それ。くっだらねー……」

冗談のようなことを聞かされて、唖然としてつぶやいた。

藤村は、苦虫を噛み潰したような渋い顔をしている。その表情が、冗談ではなく事実なのだと物語っていた。

「だから、死ぬほど下らねぇ理由だって言っただろ！」

「隠すこともない理由じゃねーか。最初っから言えよ。そうしたら、おれも変にグダグダ考えなくて済んだのに」

「アホか。俺が言ったら、変に嫉妬してるみたいじゃねーか。姫に気に入られてる、迫られるかもしれないから外れろなんて……どの面下げて言える」

「その面だよっ。素直にジェラシー感じましたって認めればぁ？」

「ふざけんな、このボケ！」

「照れ隠しに、アホとかボケとか言ってんじゃねーよ。どっちがガキだ！」

しばし睨み合っていたけれど、船のすぐ傍を大きな魚影が過ったことで藤村から意識を逸らした。

なんだ？

クジラか……イルカ？

斗貴と同じく海上に目を向けた藤村が、「でけぇ魚」とつぶやく。ふと、顔を見合わせて……同時にぷっと噴き出した。

「おれら、二人ともアホみてぇ」

「だな。ま、おまえもいい経験になっただろ。教官の気苦労がわかったか？」

「……まぁな」

それは否定できない。

訓練生だった頃の自分が藤村に突っかかっていた時のことを思えば、厄介者呼ばわりされて当然だ。

手すりに手を置いて大きくため息をつくと、ポンと頭に手を置かれた。

「バカな子ほどカワイイ、ってな。おまえほどのバカは、これまでいなかったし……これからも出てこないだろうよ」

どんな顔で、そんな台詞を口にしたのか……見てやろうと思ったのに、振り仰いだ藤村はさっと斗貴に背を向けた。

船室に向かって歩く藤村は、斗貴に背を向けたまま右手を上げる。

「身を乗り出して海に落ちるなよ、オニーチャン」

「っ、誰がそんな間抜けなことするか！　つーか、オニーチャンって言うのやめろよ」

藤村は、斗貴の苦情に足を止めることなく船室に姿を消す。

稀代《きたい》のバカ呼ばわりされたことを怒ればいいのか、『誰よりカワイイ』と言われたと深読みして照れたらいいのか……わからなくて。

一人残された斗貴は、複雑な顔で甲板に立ち尽くす。強く吹きつけた海風に髪を乱されて、片手で前髪を掻き上げた。

護衛対象の姫に関してもだが、市来に対しても、なにやら面白くなさそうだったのは気のせいではないはずだ。

藤村は、事あるごとに斗貴を単純バカ呼ばわりするが……あの男が難解すぎるだけではないだろうか。

「結局、負けかよ？」

組手でも言い合いでも、どんなものでもいいが、藤村に勝てる日は来るのか？

そんな斗貴のつぶやきは、船のエンジン音と船体に当たる波の音に掻き消された。

殿下に白旗掲揚

その日の勇魚《いさな》は、いつになく上機嫌だった。

「じゃ、ちょっと行ってくる。朝には戻ってくる予定だけど、気にせず寝ろよ。うまくいったら、美味《うま》いもん食いに行こうな。あと、おまえが欲しがってたパーツ、好きなだけ買ってやるよ。楽しみにしてろよ」

二人が並んで立つことのできない、古いアパートの狭い玄関スペースで履き古したシューズに足を突っ込みながら、そう話しかけてくる。

澱《よど》みなくキーボードを叩《たた》いていた手を止めた真魚《まお》は、そっと眉《まゆ》を顰《ひそ》めて兄の背中に目を向けた。

「……パーツって、いくらするのかわかってんの？　勇魚がよく遊んでる、携帯ゲーム機とは比べ物にならないくらい高いんだけど」

「バカにすんなよ。いや、確かに俺はおまえよりずっとバカだけど、さ。まぁ……見てろって。すげー報酬がいいんだ」

勇魚は、シューズの靴ひもをギュッと結んで屈《かが》めていた腰《こし》を伸ばす。怪訝《けげん》な顔をしているだろう真魚を振り返り、得意そうな笑みを浮かべた。

「お兄ちゃんすごい！　って言わせてやるからな」

「あまり、危ないコトするなよ。ただでさえ勇魚は、お人好《ひとよ》しなんだから。簡単に他人を信用したら」

「あー、わかってるって！　大丈夫。今回のコレが終わったら、もう裏稼業からは足を洗う。真っ当な仕事を紹介してもらえることになってるんだ」

真魚のお小言を遮った勇魚は、「堂々とお天道《てんとう》サンの下を歩けるぞ」と胸を張って笑うと、軽快な足取りで玄関を出て行った。

古いアパートの階段を駆け下りる。リズミカルな音が少しずつ遠くなり……耳を澄ましても聞こえなくなる。

一人残された真魚は、閉じた玄関扉からしばらく目を離せなかった。

二十代の半ばを過ぎているとは思えないほど、子供じみた得意そうな笑顔が、何故《なぜ》か不安を搔《か》き立てて……胸の奥が奇妙にざわついていた。

□□□

翌朝には戻るはずだった勇魚は、夜になっても帰ってこなかった。

翌日も、その次の日も。

再会を果たすことができたのは、五日後。遺体安置室というプレートの掲げられた、薄暗く冷たい部屋だった。

なにもかも、現実感に乏しい……夢の中の出来事みたいだった。

黒いバッグに包まれて、無機質な台の上に『置かれている物』が勇魚だと言われても、納得できるわけがない。

ゆっくりと伸ばした真魚の右手は、もう少しで届くというところで制された。

「……見ないほうがいい」

無言で手首を摑《つか》む男の手を振り払い、ファスナーを下ろして頭部分を覆い隠してある布を剝《は》ぎ取る。

そこには、辛《かろ》うじて面影《おもかげ》を見て取れる……兄であることを確かめることさえ困難な、人間の抜け殻があった。遊び仲間の称賛を浴びていた綺麗《きれい》な顔は腫れ上がり、血や黒い油のようなものが付着していて、見る影もない。

声が出ない。涙の一滴も滲《にじ》まない。ただ、空虚で……胸の中に、ぽっかりと黒い穴が開けられたみたいだ。

ひたすら唇《くちびる》を嚙《か》んで、冷たい床を足の裏で踏み締めてソレを凝視する。

「手続きは、先ほどの書類で終わりなので、引き取っていただいて結構です。検視も終えていますので、死亡証明書を添えて火葬のほうへ。あとは、今回の……」

「警部、ちょっといいですか」

真魚の脇に立って事務的な口調で話していた男に、戸口から若い男が声をかけてくる。言葉を切った男は、「話の途中ですまない」と言い残して真魚の肩を叩き、その男の元へ向かった。

「……で、まさかと思って照合したのですが」

「間違いないのか？」

「ええ。唯一残っていた指紋との整合性が……」

小声で交わされている会話が、真魚の耳に途切れ途切れに届く。

ぼんやり突っ立っている真魚の傍《かたわ》らへと足音が近づいてきて、先ほどよりも強い力で肩を摑まれた。

唐突に現実へと引き戻された真魚は、ハッとして隣に目を向ける。

「な……んです、か」

警部と呼ばれた中年の男の目は、先ほどまで真魚に向けていた憐憫《れんびん》の情を含んだものではなく、厳しい気配を漂わせていた。

戸惑って身体《からだ》を逃がそうとしたけれど、真魚の肩からその手が離れることはない。

「市来《しらい》真魚くん。……君から話を聞かせてもらいたいことがあるんだが、別室に移動してもらってもいいかな」

口調は穏やかと言ってもいい優しげなものだったけれど、視線は射貫《いぬ》くような鋭さを帯びていた。

別室へと、尋ねているようでいて真魚に選択権はないのだと伝わってくる。逃げることは許さないと、その目が語っている。

胸の奥から、どんよりとした不快感が湧き上がる。

「でも」

「お兄さんのことは、後でこちらが適宜手配する。君に、聞かなければいけないことがあるんだ」

肩を抱かれるようにして、廊下へと誘導される。

兄との別れは、そうして強引に切り上げられ……感傷に浸ることさえ許されなかった。

□□□

一人で頭を冷やしたい、と。

苦渋の表情を浮かべた斗貴《とき》が、そう言い残してＰＣルームを出て行って、二十分余りは経っただろうか。

「……指紋、か」

国に身柄を拘束されることになった経緯を簡単に説明した真魚が言葉を切ると、それまで無言で話を聞いていた鷹野《たかの》がポツリとつぶやいた。

相変わらず、落ち着き払った空気を纏《まと》っている。

真魚の話になにを思ったのか、鉄壁とも言えるポーカーフェイスからは読み取ることが困難だ。

鷹野から目を逸《そ》らした真魚は、大きなため息と共に肩の力を抜いて硬いイスの背もたれに身体を預けた。

「たった一つ……十四の時に作った小型爆弾のパーツに、残していたみたいだ。ガキだから、消しが甘かったんだろうな」

はは……と、自嘲の笑みを滲ませる。

真魚が口を噤《つぐ》むと、PCルームに沈黙が広がった。

壁掛け時計の秒針の音、そして一台だけ起動しているパソコンのかすかな駆動音のみが耳に届く。

「恨んで当然、か。あいつが感情的になったから、つい抑えつける言い方をしたが……橘《たちばな》の言葉も、ある意味正論だな」

嘆息する気配に続いて、ボソッと低くつぶやかれた鷹野の言葉に、眉根を寄せる。

怪訝な面持ちになった真魚は、手の届かない位置にあるパソコンモニターが放つ光を目にしながら、淡々と言い返した。

「……んだよ。トキのセリフを、まるっと否定したくせに。復讐《ふくしゅう》は連鎖する？　俺は、そんなのどうでもいい。勇魚を殺したやつらに、後悔させたいだけだ。その結果、誰がどうなろうと、関係ない」

真魚にとって重要なのは、勇魚を死に至らしめた仇《かたき》や見も知らないその身内の未来ではなく、現在だ。

そう……自分に言い聞かせていた。勇魚亡き後、なにか目的がなければ、息をするのも苦痛だった。

「勇魚が、俺の世界のすべてだった。勇魚のいない世界なんて……生きていても、仕方ない。全部、勇魚のためだった」

勇魚が、危険なコトに手を染めないでいいように。

それだけを思い、高額の謝礼に釣られて様々なものを作り出した。

結果、見も知らない他人が傷つこうが関係ないと鼻で笑っていた真魚は、確かに傲慢だという自覚はある。

崇高な目的があって、国家機関を狙ったこともない。裏金を暴こうなどと、ご立派な理由で金庫破りに加担したのでもない。

ただひたすら、勇魚のためだった。

そんな真魚の思いは、当の勇魚にはいまいち届いていなかったようだが。

「俺は、おまえの兄貴だぞ……って、そう言って、日銭を稼ぐのをやめてくれなかった。バカだから、体を張るしかできなくて……危ないコトするな、って何回も言ったのに聞いてくれなくて」

真魚が何度咎《とが》めても、「おまえが心配することはない。お兄ちゃんに甘えてればいい」と頭を撫《な》でて、夜の街に飛び出して行った。

未成年だから、弟だから……護《まも》られる存在で、勇魚のお荷物にしかなれない自分が、もどかしくてたまらなかった。

「罰《ばち》が、当たった……ってやつかな。俺が作り出した爆発物やウイルスが、どれくらいの人を傷つけたのかわからない。俺に向かうはずの恨みを、全部勇魚が背負い込んだ。それとも、こうして……勇魚を奪われることが、俺にとって最大の罰なのかもしれない」

勇魚のいない世界に独りきりで立たされている今が、真魚には決して出ることのできない牢獄のようだった。

勇魚の口癖は、『生きろ』だった。

母親に抱かれた記憶はなく、名前を呼ばれた記憶さえ乏しい。挙げ句、邪魔だとばかりに捨てられた。

存在意義を見失いかけていた真魚に『俺のために、どんなにみっともなくても生きろ』と言い続けたから、彼岸へ勇魚を追いかけていくこともできない。

「おまえが罰だと感じるなら、そうだろう。……復讐心が生きる糧になるなら、否定することもできないな。それで、本当におまえの気が晴れるなら……だが」

「トキを諭したくせに、矛盾してませんか」

また、そこに戻ってしまった。

真魚にしてみれば、鷹野という教官は『読めない人間』だ。斗貴は単純でわかりやすいのに、この人に関しては『わからない』の一言だった。

正義感に溢《あふ》れる勧善懲悪《かんぜんちょうあく》のつまらない大人《おとな》かと思えば、自分がやろうとしていたことを見逃そうとしたり、気持ちはわからなくないと言ってみたり。

日和見《ひよりみ》で、物わかりのいい理解ある大人を演じるのかと反発心が湧きかけた真魚に、鷹野は何故か苦しそうな顔で「確かに矛盾しているか」とつぶやく。

「国の機関を引っ掻き回して、目的を達成して……その後はどうする？」

「その後？　……さぁ。寿命があるあいだは、生きてるんじゃないかな」

鷹野に言われるまで、その後など考えなかった。唐突に投げかけられた疑問は、真魚の胸にポトンと落ちて波紋のように広がる。

未来が見えない。なにをするべきか、なにがしたいのか……具体的なものはなに一つない。

それを不安だと感じたことなどなかったのに、鷹野のように冷静に問いかけられたら心許《こころもと》ない気分になる。

生きる目的もなく、自ら命を絶つこともできないなら……どうすればいいのだろう。

いっさいの光のない暗闇、空気さえもない絶望的な宇宙空間に立ち尽くしているようで、真魚はぼんやりと薄暗い窓の外を見遣《みや》った。

そうか。本当に独りなんだな、と。

今更ながら、実感が満ちる。

真魚がいるから生きているのだと笑った勇魚の気持ちを、初めて本当に理解することができたかもしれない。

放心状態でイスに身体を預けていたけれど、突然なにかが頭の上に置かれてビクッと肩を揺らした。

「ッ！」

「橘は、立場的におまえを止めようとしたんじゃないとだけ言っておく」

頭に手を置かれたことにも、その言葉にも驚いて、隣にいる鷹野に顔を向ける。

鷹野は、真っ直《ま》ぐ《す》な瞳で真魚を見ていた。

「意味、わかんな……けど」

淡々と聞き返したつもりが、奇妙にかすれた声が出てしまい、コホッと空咳《からせき》をした。

くしゃくしゃと真魚の髪を撫で回した鷹野は、手を下ろして苦笑した。

「確かに、おまえのことを忘れていたかもしれない。でも、やろうとしたことが発覚したら今みたいな自由が一切なくなる。おまえは今でも軟禁状態だと思っているだろうが、こんなものじゃなく完全な飼い殺しにされるぞ。まだガキなのに、可哀《かわい》そうだろ……って俺に協力を求めてきた」

「はは……ぬるいっつーか、とことん甘いな。トキ、らしい……」

ここで再会した斗貴に、何度も可愛《かわい》げがないと小突かれた皮肉の滲む笑みを浮かべる。

あの頃、斗貴は勇魚と二人で暮らしていたアパートに幾度となく転がり込んできた。

最初は、勇魚と自分のテリトリーに侵入してくる異邦人でしかなく、邪魔な存在だった。

でも、下手《へた》したら自分より子供みたいなところがあり、無防備なくらいあっけらかんと接してきて、いつしか自然とあの部屋に溶け込んでいた。

他の勇魚の遊び仲間とは違い、子供だった真魚を邪険にしない。コソコソすることもなく、勇魚と抱き合い……呆《あき》れたことに、情事の余韻が残るベッドに、「マオ、おまえも一緒に寝るか」と引きずり込まれたこともある。勇魚に「バカ」と殴られても、笑って真魚をあいだに挟んで眠った。

子供だった真魚にとって、勇魚の次に特別な存在になっていった。それが、ある日唐突にいなくなり、勇魚に聞いても「もう逢《あ》うことはないだろうな。でも、心配しなくていい」としか答えてくれなくて……胸の奥に残り続けていた。

ここでの思いがけない再会は、自分にとって不幸で、思い出の中でだけ生きていてくれたらよかったと恨んだこともある。

七年というブランクを経て接した斗貴には、変わった部分と変わっていない部分が複雑に入り混じっていて、悔しいけれど……やはり慕わしい。

「橘が好きだったか？」

唇を噛んで考え込んでいると、唐突に鷹野が尋ねてきた。

そっと眉を顰めた真魚は、どんな顔でそんなことを聞いているのだと、隣にいる鷹野を見上げる。

「鷹野教官、意外と俗っぽい質問をしますね」

わざと皮肉を含ませてそう言いながら笑い、斗貴曰《いわ》く可愛げのない態度で返す。鷹野は、これまでと変わらない真顔で小首を傾《かし》げた。

「意外、か？　俺は俗物だぞ」

「そうは見えませんが。落ち着き払っていて、なにがあっても動揺なんかしなさそうで。悟りを開いているみたいな感じだ」

鷹野に抱いている印象を、そのまま口にする。すると、鷹野はこれまで真魚が見たことのない表情になった。

「……まさか」

苦いものをたっぷり含んだ短い言葉に加えて、自嘲するような微苦笑だ。

チラリと真魚と視線を交わし、何故か諦めたような吐息をついた。

「俺が、おまえの気持ちがなんとなくわかるのは……同じ、弟って立場だからかもしれないな」

「弟……？」

「俺のフルネームはな、鷹野宗二郎《そうじろう》、だ」

「ああ……次男」

一般的に、名前に数字が入っていれば生まれた順番だろう。少なくとも、鷹野には兄がいるはずだ。

そう思ったままを口にした真魚に、鷹野は曖昧な仕草で首を横に振った。

この人の、ハッキリしない態度は珍しいのではないだろうか。接した時間が長くない真魚でも、それはわかる。

「次男じゃ、ない？」

「……正確には、三男だ。長兄とのあいだに、異母兄がいる。これは……橘にも話したことがないが、俺の生家は古武術の師範を代々務める家で前時代的な風習が残っている。一昔前なら、城の主《あるじ》のような家系だ。当主が絶対的な権限を持っていたり、側室《そくしつ》のような存在がいたり……な」

世が世なら、お殿様《との》というやつか。

他の人間なら嘲笑もののそれも、鷹野ならば違和感はない。

公然と愛人を侍《はべ》らせていて、それを許される立場というのは現代では胸を張って言えることではないだろうが、格段珍しくもないだろう。

真魚の母親も、一度も婚姻《こんいん》関係を結ぶことなく兄や自分を産んだ人なので、自分も『愛人の子』なのかもしれないのだ。

「長兄は、商才には長《た》けているが家業を継ぐには武術に向かない人で……次兄は才能のある人だが、気が優しすぎた。控え目で、ライバルを蹴落としてまで自分が前に出ようとしない。あとは、血統云々《うんぬん》と下らんことに拘《こだわ》る輩《やから》がいるからな。自然の成り行きで、いつしか周囲の期待は俺に向かうことになった」

「……まぁ、適任でしょうね。鷹野教官なら、分相応だ」

古武術の名家を継ぐのに、この人ならば不足はないはずだ。きっと、幼い頃から頭角を現していたに違いない。

でも……今、ここにいるということは、そうしなかったというなによりの証拠だろう。

言葉に出さなかった真魚の考えは、すぐ傍《そば》にいる鷹野に察せられたはずだ。聞くまでもなく、当人が『ここにいる』理由を口にした。

「俺は、逃げたんだ」

「プレッシャーなんか、物ともしないように見えますが」

「違う。ここに入ることを選び、次兄から俺自身を強制的に隔離した。そうしなければ、なにをしでかすかわからなかったから……な」

「……？」

淡々と語る言葉の意味を計りかねて、目をしばたたかせる。

横顔を見遣る真魚に気づいているはずだが、鷹野は膝《ひざ》の上で組んだ自分の手元を凝視して抑えた声で続けた。

「半分とはいえ、血の繋《つな》がった兄に……邪念を抱いたんだ。頭の中でどんなふうに扱ったか、本人が知れば二度と笑えないようなことまで考えた。彼から逃げるために、なにもかもを投げ出した」

「……それは」

ずいぶんと、物騒なことを淡々とした声で語る。まるで、他人事《ひとごと》だ。

そう思って眉を顰めかけた真魚だったが、組み合わされている鷹野の爪《つめ》が自らの手の甲に食い込んでいることに気づいて息を呑《の》んだ。

冷静沈着を体現しているような鷹野が、どれだけ自身を抑え込んでいるのか。指先だけが語っている。

「そんなこと、俺に話して……いいんですか」

「まぁ、あまりよくないな。だが、兄を奪われたおまえの心情をいくらか汲《く》み取ることはできる、という言葉を信じてもらえたか？」

真魚が勇魚に抱いていたのは、純粋な兄弟愛であり家族愛だ。鷹野が兄に向けていたという激しい感情とは、種類が違う。

でも、特別であることには変わりなくて……鷹野が自分の気持ちがわかると言うのなら、疑うことなく納得できる。

「兄貴の願いなら、おまえは生きろ。国に飼われるのは不快だろうが、な。あとは、そうだな。個人的に、その頭脳を生かさないのはもったいないと思うぞ」

「……はぁ。もったいない」

それは、やけにシンプルな一言だった。

もっともらしいことを並べ立てて、真魚の首に縄をつけようと説得するのではなく、ただ『もったいない』か。

気の抜けた一言を返した真魚は、拍子抜けした顔をしていたかもしれない。こちらを見た鷹野が、唇の端に仄《ほの》かな笑みを浮かべる。

「なんだ、その顔」

「いえ……そういう鷹野教官は、自分自身をもったいないとは思わないんですか？」

こんなところで教官として毎日を送っている現状は、才能を生かせているとは言えないのでは。

少し意地悪な気分になって、自分を棚上げしているだろうと切り返す。けれど鷹野は、迷うことなく首を横に振った。

「いや、全然思わない。訓練生たちは、様々な事情を抱えてこの養成所に入っている。彼らに生きる術《すべ》を教えているんだ。少なくとも、兄に懸想して悶々《もんもん》とした時間を過ごすよりは有意義だろう」

「冗談……じゃ、なさそうですね」

軽口のようでいて、鷹野は真顔だった。

真っ正直で、自身でさえ誤魔化せない彼は……生きづらそうに見える。本人は逃げたのだと自嘲していたけれど、それも兄を護るための手段だ。

「国に飼われてると思うのが癪《しゃく》なら、考え方を変えればいい。おまえが開発するものが、橘を護る武器になるかもしれないんだ」

「……都合のいい変換」

「そうだな。でも、事実だ」

苦笑した鷹野が、大きな手を伸ばしてきて……反射的に首を竦《すく》ませた真魚の髪を、グシャグシャに掻き乱した。

彼なりに、慰めてくれているのだろうか。

黙って大きな手の感触を受け止めていた真魚だったけれど、心臓が、トクトクと奇妙に鼓動を速めるのを感じて戸惑った。

勇魚や、斗貴に触れられた時とは違う。

ぶっきらぼうで、不器用そうな慰撫《いぶ》が、捻《ひね》くれた自分に真っ直ぐ届くのが不思議で……子供扱いするなと反発できない。

「この際だ。全部、吐き出しちまえ。俺はなにも見ていないし、なにも聞いていない」

ポン、と軽く頭を叩いて、肩口に引き寄せられた。

その、自分とは比べ物にならない厚みのある肩に額を押しつけた真魚は、恐る恐る手を伸ばして鷹野が着ているTシャツの裾《すそ》を握る。

「……も、いい……って言っただろ。もう、なにもない」

「そうか？」

静かに答えた鷹野の手が、ゆっくりと真魚の頭を撫でる。

その手に掘り起こされるように、初めて知る甘苦しいような感情が胸の奥から次々と湧き上がった。

これは、なんだろう。

得体が知れなくて怖い。なのに、ここから動けない。

……動けないのは、体格で明らかに勝ち目のない鷹野に逆らうことが、労力の無駄遣いになるからだ。

無駄なことは、最初からしない。

真魚は、こうして鷹野に抱き寄せられるのが心地いいから、という本当の理由から目を背けて自分への言い訳を重ね、そっと瞼《まぶた》を伏せた。

君主サマの本領発揮？

「トッキーさぁ、アレ……誰？」

肩を並べて馴れ馴れしく話しかけてきた訓練生を、ギロリと睨《にら》みつける。

斗貴《とき》がこの養成所で訓練生として過ごしたのは、五年ほど前だ。修了後は実務に就いていたのだが、「欠員が出たため」と急遽臨時で教官として任命された。

五年という時間は、長いような短いような……どちらとも言えない。それでもＳ Ｄ《セキュリティドッグ》としての自分は、ある程度の経験を重ねて変化しているつもりだ。ただ、ある意味鎖国状態のここでは、さほど大きく体制が変わっていないはずだ。

「おまえ、教官に対する口の利き方がなってねぇぞ。それとも、鷹野《たかの》教官とか……他の教官にも、そんな態度なのか？」

一期生が入所してからだと、そろそろ半年……というところか。他の教官にも敬意の欠ける態度で接しているのなら、よくぞ無事だったと眉《まゆ》を顰《ひそ》める。

少なくとも斗貴は、タメ口を叩《たた》くたびに上官への態度が悪いと睨みつけられ、殴られたり蹴られたりしていたのだが……。

五年で、この養成所の教官たちもワカモノたちに迎合して日和《ひよ》ったか？

首を捻《ひね》った斗貴に、当の訓練生は「まっさかぁ」と笑う。

「鷹野教官にタメ口なんて……畏《おそ》れ多い。トッキー以外には無理。わざわざ、生傷を増やしたくなんかないし」

「ッ……おれも、教官サマなんだよっ！」

へらへらと笑っている訓練生の頭を、拳《こぶし》で小突く。

殴られたくせに、「イテェ」と懲《こ》りていないヤツの脇腹に、今度は無言で肘《ひじ》をめり込ませた。

それでも、ヤツは表情を引き締めるでもなく軽い調子で口を開く。

「イテーです、橘《たちばな》教官」

「チッ」

ダメだ。手加減をする自分も悪いのか、まったくと言っていいほど効果がない。

鷹野には「親しみを持たれている」と言われたが……やはり、教官としての威厳が足りないせいで舐《な》められているとしか思えない。

ふざけんな！　と大人げなく暴れたくなるのをグッと堪《こら》えて深呼吸をすると、「誰？」の疑問に答えた。

「誰って……アレは、おれが訓練生だった時の教官だ。変態レベルで腕っ節が強いぞ。無駄に顔がイイから、特に不気味なんだ」

「……変態かよ」

訓練生の視線の先には、木刀を手にした藤村《ふじむら》が立っている。

訓練生に紛れないよう、教官のユニフォームである派手なオレンジ色のTシャツを着ている斗貴とは違い、なんの変哲もないジャージ姿だ。それでも、存在感が際立っているあたりはさすがというべきか。

怒声を浴びせるでもなく、ただ木刀を手に立っているだけなのに威厳たっぷりで……訓練生たちの緊張感が、自分を前にする時とは段違いに高い。ブランクをほとんど感じさせない、見事な『教官』サマだ。

確かに……アレを見ていると、自分など「トッキー」呼ばわりされても仕方がないかと諦めモードになる。

藤村がラスボスだとしたら、こちらは雑魚《ざこ》だ、雑魚。

斗貴が卑屈モードに陥ろうとしていたところで、自信喪失の元凶が声をかけてきた。

「おい、そこ……橘、教官」

「あ？　は、い」

藤村に手招きされて、背中を凭《もた》せ掛けていた道場の壁から離れた。

訓練生を前にしての、どちらも『教官』という立場でのやり取りは、なんともぎこちない雰囲気になってしまう。

自分たちの普段の関係を知らない訓練生たちの目には、さほど奇妙なものに映っていないと思いたい。

「なんです？」

複雑な心情で藤村の前に立った。

斗貴の顔……声にも、怪訝《けげん》だと隠し切れない内心が滲《にじ》み出ているはずだが、藤村はなにを考えているのか読めない無表情で言葉を続ける。

「訓練生と、手合わせしたことは？」

「そりゃ、ある……りますけど……」

「手加減なしの、本気モードで？」

「いや、さすがにそれはない、ですね」

なんとも不自然な自分たちの会話を、訓練生たちは「なんだなんだ」と興味深そうに窺《うかが》っている。

斗貴は藤村の質問の意図がわからず、「なんだよ」と視線で聞き返した。

「俺が審判するから、一度本気で手合わせしてみろ。相手は……おまえだ」

道場内に視線を巡らせた藤村は、壁際に立っている、先ほど斗貴と話していた訓練生を手招きする。

藤村から呼びつけられた訓練生は、

「……はい」

と、うなずいてこちらに向かってきた。

斗貴をチラリと見遣《みや》った目に、どうして自分が？　という疑問が滲んでいる。それに対する斗貴の返事は「知らねーよ」だが、目配せに含ませた答えが彼に伝わったかどうかはわからない。

なにか面白そうなことが始まりそうだ……という気配を察してか、道場に散らばって乱取りしていた訓練生たちが動きを止めてこちらを遠巻きにしている。

「制限時間は設けない。どちらかがギブアップするか、意識を落としたら終わりだ。息の根を止めなければ、どうやってもいいぞ」

「メチャクチャ言いやがる」

ポツリとつぶやいた斗貴は、心の中で「本気モードかぁ」と、ほくそ笑んだ。

これまでの鬱憤やストレスを解消する絶好の機会だ、と喜んでいるわけではない。

……いや、一瞬、ほんの少しだけ、頭を過《よぎ》ったけれど……。

「うわっ！」

背後からうなじに冷たいものを押しつけられて、ビクッと身体を震わせた。

なにが起きている？　と振り向いた斗貴の背後には、いつの間にバスルームから出てきたのかニヤニヤと人の悪い笑みを浮かべた藤村が立っている。

「気配を消して背後に立つなっ。心臓が、口から飛び出そうになっただろ」

「……やってみろよ」

斗貴の文句に「悪かった」の一言もなく、呆《あき》れたような顔で言い返してきた藤村は、右手に持っている缶チューハイを今度は斗貴の頬《ほお》に押しつけてくる。

冷蔵庫から取り出したばかりのようで、冷たい。さっき首の後ろに触れたモノの正体は、コレか。

眉を顰めて、冷たい缶を藤村の手から取り上げた。

「わざわざ持ち込んだのか？」

視察という理由で来たくせに、手荷物に紛れさせて持ってきたのか？　と尋ねる。藤村は、首を横に振って否定した。

「いや、物々交換。篠原《しのはら》さんに柿ピーを差し入れたら、くれた」

「ああ……」

旧知の仲である教官との物々交換だ、という答えに薄《う》っすらとした笑いを滲ませて視線を泳がせる。

養成所のある島には、コンビニエンスストアなど存在しないのだ。衣食住に必要な最低限のものは支給されるが、煙草《たばこ》や酒類といった嗜好品は、外から来る人に頼むか休暇の際に調達して持ち込むしかない。

ここでは娯楽が皆無に等しいこともあり、教官たちが個人的に持ち込むそれらは黙認されている。

勝手にご相伴《しょうばん》に与《あずか》ることにしてプルトップを開け、口をつけた。炭酸とグレープフルーツの苦みが、舌に心地いい刺激をもたらしてくれる。

「全部飲むなよ」

「あ。……ケチ」

勢いよく飲んでいると、藤村の手に取り上げられた。

斗貴の隣に腰を下ろして、「半分……以上、飲んでるじゃねーか」と文句を言いながら残りを喉《のど》に流す。

空になった缶をテーブルの脇に置くと、人の悪い笑みを浮かべて尋ねてきた。

「あいつらと手合わせして、どうだった？　スッキリしただろ」

「……まーね。否定はしない」

教官としてこの島に来て初めて、訓練生と手合わせをした数時間前を思い浮かべる。

藤村が、「手加減しなくていい」という許可をくれたから、という大義名分の元に生意気な訓練生を蹴り倒すのは……楽しかった。ここしばらく溜め込んでいたストレスを解消できて、スッキリだ。

「ふ……くくっ、これでアイツら、トッキーなんて呼べないだろうなぁ」

斗貴に拳一つ当てられず、開始一分も経たないうちに畳《たたみ》の上に伸びたヤツは、唖然《あぜん》とした顔をしていた。

二人がかりでも斗貴の胸倉を掴《つか》むことさえできなくて、ゼイゼイと荒い息をつきながら「嘘だろ」とつぶやいたのだ。

鷹野曰《いわ》く、「親しみを込めて」斗貴を舐めきっていた彼らは、青褪《あおざ》めた顔で参りましたと降参してしょんぼりと肩を落としていたのだ。

周りで見ていた他の訓練生たちは言葉もなかったようで、水を打ったように静まり返っていた。

含み笑いを漏《も》らす斗貴の頭を、藤村が平手で軽く叩いてくる。

「おまえは、威厳が足りねぇんだよ。市来《しらい》も、変わってねぇって言ってたし……頭の中身がお子様のままか？」

「う……いくらなんでも、ちょっとくらい……とは思うけど」

市来の知っている斗貴は、十七、八の尖《とが》ったお子様時代のものだ。

さすがにあの頃よりは落ち着いていると思うのだが、基本は……多分、あまり変化していない。

「だ……だって、人間、そうそう変われるかよ。鷹野だって、ほとんど変わらないじゃんか」

大人になっていると胸を張って言い返すことはできなくて、藤村もかつての訓練生時代を知っている、鷹野を引き合いに出す。

ただし、苦し紛れに巻き込んだ友人の名前は、この場面では逆効果だったようだ。藤村は、苦笑して人選ミスを指摘してくる。

「鷹野は、変わらないっつっても……昔から老成してただろ」

確かに、訓練生だった頃の鷹野のほうが今の斗貴より指導者らしいかもしれない。

これ以上反論できなくなってしまい、むぅ……と黙り込んだ。

「訓練生を前にして、おまえと教官ごっこをするのは面白かったけどな」

「教官ごっこ、ってなんだよ。今のおれは、実際に教官サマだぞ。……らしくないけど」

自分なりに、大真面目《おおまじめ》に『教官』を務めているつもりなのだから、ごっこ呼ばわりは心外だ。

「それもそうか。悪かったな」

藤村を睨みつけて苦情をぶつけると、口の達者なこの男にしては珍しく、すんなり謝罪をしてきた。

ただ、その舌の根の乾かぬうちに、なにを思い出したのか……うつむいて肩を震わせる。

「オレンジTシャツを着ていなければ、完全にアイツらに埋没していたけどな。訓練生とストレッチやランニングをしていても、違和感ゼロだろ」

「うるっせ」

二十歳そこそこの訓練生たちとは五つくらいしか離れていないのだから、さほど変わらないように見えても仕方ないだろう……という言い訳は、またしても鷹野の存在に阻《はば》まれる。

威厳の有無は外見の問題ではなく、全体の雰囲気……オーラというやつだろうか。

「ま、俺が想像していたよりは、きちんと『教官』だったか。……市来についても、上の人たちは橘が上手く手懐《てなず》けたって評価してたしな」

「手懐けた……とか、言われたくねぇ。あいつの聞き分けがよくなったのは、どちらかと言えば鷹野の手腕によって……だし」

藤村の台詞《せりふ》を、顰《しか》め面《つら》で否定する。なにより、手懐けた、という言い回しは気分がよくない。

確かに、ＰＣルームでの一幕……自分たちの過去の繋がりや、市来の兄である勇魚《いさな》について明かされて以来、明らかに市来の態度が変わったとは思う。

斗貴に無意味に突っかかることを止めて、市来だけ別メニューの護身術を中心とした訓練に取り組み……学科授業も真面目に受けているようだ。他の訓練生と共に、食堂でテーブルに着いている姿を見ることも増えた。

それらは、斗貴の手柄ではない。自分がＰＣルームを飛び出してから、どんな話し合いがあったのか……二人とも語らないし斗貴も無理に聞き出す気はないが、鷹野が市来の心情を変化させたのだと思う。

「それに……なんか、嫌な表現だろ。おれは、あいつの牙《きば》を折ったつもりはない」

もともと、噛《か》みつかれたところで大した深手を負いそうな鋭い牙ではなかったが……精いっぱい反抗しようとしていた市来の姿は、なんとなく痛々しかった。今より更に子供だった頃の彼を思い出した今では、特にそう思う。

決して、斗貴が手懐けたわけでも……市来が国家権力に負けたわけでもない。

「マオは、自分の心を護《まも》るのにそれ以外の手段を知らなかっただけで……攻撃や復讐が目的だったわけじゃないんだ。もともとお偉いさんたちが『攻撃』ってみなしたものも、イサナのためだったわけだし……もちろん、だから正しいとは言わないけど、さ」

少しずつ声のトーンを落とした斗貴は、言葉を切ると両手で膝《ひざ》を抱えて、そこに顎《あご》を置いた。

立場を変えて物事を見れば、正義がどちらにあるのか……自分が正しいと思っていたことが本当にそうなのか、悩ましくなるということは、無数にある。

斗貴が、もしこの養成所に入っていなければ……今でもイサナ側の人間として、共に行動していた可能性が高い。

そうなっていれば、藤村とは深い溝を挟んで対岸に立っていた。手を取り合うことは、一生なかったはずだ。

「イサナってヤツは、悪ガキどもにとってはいいトップだったんだな」

なにも言えなくなった斗貴の頭に、ポンと手が置かれる。隣から聞こえてくる藤村の静かな声に、うん……とうなずいた。

強くて、キレイで、青い焔《ほのお》のように鮮烈で……市来の言うように頭脳派ではなかったかもしれないけれど、誰もが慕っていた。

初めて夜の街に繰り出した時に、もしイサナに拾われなければ、今の自分はいなかったと断言できる。

「伯父《おじ》さんと伯母《おば》さんはいい人だったけど、たまに家にいるのが息苦しくて堪《たま》らなくなることがあって……あの夜は、風俗の呼び込みをしてたオニーチャンをおちょくって怒らせて、夜の繁華街で追いかけっこしてたんだ」

「……なにやってんだ、おまえ」

あからさまに呆れた、という声で藤村につぶやかれて、じわりと頬が熱くなる。

とんでもなくバカなことをしていた、という自覚があるだけにハズカシイ。

「ガキだったんだよっ。そしたらさ、路地から顔を覗《のぞ》かせたイサナに手ぇ引っ張られて、暇ならオレらと遊ぼーぜって……ガキみたいに手を繋いで、溜まり場に連れて行かれた」

後に、斗貴を追いかけていたのが、女性を騙してタチの悪い店に沈めて仲介料をかすめ取ったり、気の弱そうなサラリーマンを事前に取り決めてあるぼったくり店に誘導したり……

と界隈では評判の悪い下っ端のチンピラだったから、そうして声をかけたのだと笑っていた。イサナは「年寄りや女子供に手ぇ出すなよ」と仲間内に言い含めていて、弱者へ威圧的に振る舞うことを徹底的に嫌っていた。

基本的に無意味な乱闘を好まなかった斗貴は、特に疑問を感じることなくイサナの言いつけに従っていたけれど、十も歳下の弟を溺愛していることを知って「これが理由の一つか」と納得したのだ。

相手が武器を持っていなければ四、五人を相手に立ち回りできるほどケンカが強かったけれど、懐《ふところ》に入れた人間はとことん庇護して可愛《かわい》がった。なにより「オレらはチンピラじゃねーんだ」と無法な行為を嫌い、ドラッグの類《たぐい》はもちろん、カツアゲやひったくり、万引き等に手を出すことを一切禁じていた。

斗貴は初めからずっとイサナの仲間内にいたから、深夜徘徊で補導されたことはあっても、非行歴と呼ばれるものはない。

「バカだったけど……イサナのおかげで、おれはここにいる」

養成所の試験に合格したことを、養育してくれた伯父夫婦の次に告げたのもイサナだった。しばらく難しい顔で黙り込んでいたけれど、「出発日は誰にも言わずに行け」と斗貴の頭を両手で撫《な》で回した。

あれはきっと、入所日までに面倒なことに巻き込まれて合格が取り消しにならないよう、斗貴を気遣っての言葉だったのだと思う。

彼らのような集団は妙なところで仲間意識が強く、『イチ抜けた』を許さない風潮がある。そんな歪《ゆが》んだ、『群れ』にとっては防御本能にも近い集団心理が斗貴の足枷《あしかせ》にならないように、黙っていなくなれと笑った。

「いい男だな」

「……だろ。イサナのことを、腰抜けヤローって言うヤツもいたけど、イサナはその通りだよって笑って流してた。護りたいものがあるから、ビビってんだって。命がけで護らないといけない存在があるから強くなれるし、臆病にもなる、生きていられるんだって……」

それが、弟の……マオのことだったのだと、イサナの自宅で引き合わされたことで悟った。

当時、一番身近な存在だったイサナのそんな想いは、斗貴にとっては不思議で……興味深かった。

自分も誰かを命がけで護れば、イサナのように強く……だから生きているのだと思えるのかと……。

「市来が、マオが言ったこと……おれが知ってるイサナとは矛盾していて、本当にイサナの話かよって思った」

あれほど無法行為を嫌っていたイサナが、弟のためにとそれまで避けていたはずの無謀な行動に出て命を落としたのなら……皮肉だ。

でも、それで足を洗う……最後と決めて彼らしくないことをしようとしたのなら、それも理解できなくはない。

頭の中で、当時のイサナやマオや……子供だった自分、いろんなものがぐるぐると回り、次になにをどう言えばいいのかわからなくなる。

黙り込んだ斗貴の頭を、藤村の手がグリグリと手荒に撫でた。

「命がけで誰かを護って、なにか知るものはあったか？」

「……いや、それが全っ然。生きてるって実感はあるかな」

任務を終えるたびに、今回も生きてるなぁ……と実感することはできる。ただ、イサナの言うように護りたいものがあるから生きている、という心情は解《げ》せない。

それでも……。

「おれは、失うのが怖いから特別なんかいらないって思ってた。イサナみたいに、護りたいから強くなるって思ったことはないけど……」

家族を護れなかった、なにもできなかったことの無力感で打ちのめされるばかりだった。

喪失感を恐れて、あんな思いをするのなら特別な存在など最初からないほうがいいと、淋しさから目を背《そむ》けて殻《から》に閉じこもっていた。

「けど？　なんだ。続けろよ」

髪を掻《か》き乱していた藤村の手に促されて、言葉の続きをポツリポツリと零す。

「今は、失うのが怖いから、強くなろうって思う。それが、結果的に護るってことになるのなら……まぁ、ここであんたに殴る蹴るの酷い目に遭《あ》わされたことも、無駄じゃないんだろうな」

斗貴の『特別』は、護らなければならないほど弱い存在ではない。

ただ、失うのが怖いのなら強くなければならないとは思う。相手だけでなく、自分の身も護らなければならない。

それが自分の為であり、護るべき相手の為にもなるのだ。

「それがわかってれば、充分だろ。そのイサナってのも、偉い偉いって褒《ほ》めてくれるんじゃねーの？」

笑みを含んだ声でそう言いながら、ポンと頭を軽く叩いた藤村の手が思いがけず優しくて、不意に鼻の奥がツンと痛くなった。

記憶の底に沈んでいたはずの、『彼の手』とよく似ている……。

「……イサナが、言いそーなセリフ……」

甘える斗貴を、「弟よりガキだぞ。しょーがねーなぁ」と抱き留めてくれた手は、あの頃の斗貴にとって救いだった。

恋愛感情ではなかったとしても、限りなくそれに近かったのかもしれないと……後から思えば感じるくらいには特別だった。

「今だけ、他の男のことを想《おも》って泣いてもいいぞ」

「……誰が。泣くかよ」

泣かない。イサナのことが唯一人の特別ではない今の斗貴に、泣く資格はない。

ただ、少し……あの頃の自分なら、泣いたかもしれないと思うけれど……どうだろう。

うっかり涙ぐみそうになったことをなんとか誤魔化したくて、無理やり言葉を引っ張り出す。

「泣く代わりに、惚気《のろけ》てやろ。イサナは、めちゃくちゃキレーだったんだ。イサナに命令されたらなんでもするって下僕志願の信奉者みたいなのが何人もいて、傍《そば》に置いてもらえるおれは、すげー僻《ひが》まれて嫌がらせもされた。だから腹いせに、イサナがどれだけベッドの中でエロくてカワイイか聞かせてやったりして」

「おい……」

低い一言と同時に大きな手で口を塞《ふさ》がれて、強制的に語りを中止させられた。

なんだよ、と隣を睨みつけると、斗貴より恐ろしい目でこちらを睨み下ろしている藤村と視線が絡む。

「泣いていいとは言ったが、惚気話を聞いてやるとは言ってねぇぞ。過去のことはいえ、そこまで寛容じゃねーんだな」

藤村は、なんとも形容し難い薄ら笑いを浮かべている。

不機嫌なふりをしているだけなのか、本当にへそを曲げているのか……真意が読めない。

両手を上げ、口元を塞いでいる藤村の手をそろりと引き剝《は》がして、わざと茶化した言葉を言い放った。

「寛容……っつーか、めちゃくちゃ心が狭……ッ」

寛容どころではないだろうと言いかけた台詞は、今度は口づけで強引に封じられた。

歯が当たるような勢いで舌を絡みつかせて、吸いつかれ……文句の一言も言えなくなる。

少しだけ唇を離すと、チッと舌打ちをして斗貴の頭を両手で挟み込んだ。

「黙ってろ」

脅しているとしか思えない低いつぶやきの直後、再び唇を合わせてきたけれど、これはもうキス……というより、口封じだ。

本人が自覚しているかどうかわからないけれど、基本的にこの男は大人げねーんだよな、と心の中でつぶやいて広い背中に手を回した。

イサナは、「トキも、ようやく唯一の特別な存在を見つけられたんだな。偉い偉い」と、笑っているだろうか。

あとがき

こんにちは、または初めまして。真崎ひかると申します。この度は、新装版『君主サマの難解嫉妬』をお手に取ってくださり、ありがとうございました！

一応、『君主サマ』シリーズの五作目（スピンオフの『天下無敵の天使サマ』を含めますと、六作目）となっておりますが、こちらだけ読んでくださっても大丈夫なようにしているつもり……です。が、過去の彼らにもお目を通していただけると、とっても嬉しいです。

旧版の『君主サマの難解嫉妬』の奥付発行日は、約五年半前でした。じわりと現在に近づいてきました。新装版にあたり、今回も加筆修正をしましたが……毎度のことながら、延々と修正したくなるところを、なんとか妥協点を探り……最後は諦めて手放した次第です。

あ、自己申告します。タイトルが微妙に嘘つきです。藤村は、かなり露骨に独占欲を主張しているのではないかと。当の斗貴だけが、わかっていない……鈍いおバカな子です。

何年経っても、何度目にしても褪せない、魅力的なイラストで藤村と斗貴に魂を籠めてくださる蓮川愛先生には、改めまして御礼を申し上げます。蓮川先生のビジュアルがあってこその、彼らです。今回のカバーの二人も、関係性が一目で伝わり「ふふっ」となります。

そして担当H様。またしても大変お世話になりました。ありがとうございました。新装版に関する作業のたびに、彼らを里子としてお世話をしてくださるHさんには感謝するばかりです。本当にありがとうございます。引き続き、よろしくお願い申し上げます。

ここまで読んでくださり、ありがとうございました！　新装版でのお決まりの台詞ですが、初めましての方、お久しぶりです……の方、憶えていてくださった方に、思い出してくださった方。皆様に、心よりありがとうございます。ちょっぴりでも楽しいと思っていただけると、なによりも幸せです。そして……こそっとお伺いですが、今後もし、ＳＤシリーズの書き下ろし完全新作があるとしましたら、どの組み合わせがよろしいでしょうか。君主サマの藤村＆斗貴、天使サマの名塚＆石原、その他新キャラｅｔｃ……ポツリと一言でも、ご意向をお聞かせいただけましたらとっても嬉しいです。真剣に、ご意見を募集しております。

では、そろそろ失礼いたします。次回は年明けに、『教官は無慈悲な覇王サマ』の新装版予定です。書き下ろし有です！　藤村＆斗貴から離れまして、養成所を舞台にした新キャラによるスピンオフな一冊ですが、見かけられましたらお手に取っていただけると幸いです。

二〇一九年　　遅い金木犀が香り始めました　　　真崎ひかる

✦初出　君主サマの難解嫉妬、殿下に白旗掲揚……プリズム文庫「君主サマの難解嫉妬」（2014年5月）を加筆修正
君主サマの本領発揮？………………………書き下ろし

真崎ひかる先生、蓮川愛先生へのお便り、本作品に関するご意見、ご感想などは
〒151-0051 東京都渋谷区千駄ヶ谷 4-9-7
幻冬舎コミックス　ルチル文庫「君主サマの難解嫉妬」係まで。

幻冬舎ルチル文庫
君主サマの難解嫉妬

2019年11月20日　第1刷発行

✦著者　真崎ひかる　まさき ひかる
✦発行人　石原正康
✦発行元　株式会社 幻冬舎コミックス
〒151-0051 東京都渋谷区千駄ヶ谷 4-9-7
電話 03(5411)6431［編集］
✦発売元　株式会社 幻冬舎
〒151-0051 東京都渋谷区千駄ヶ谷 4-9-7
電話 03(5411)6222［営業］
振替 00120-8-767643
✦印刷・製本所　中央精版印刷株式会社
✦検印廃止

ISBN978-4-344-84573-2　C0193　Printed in Japan